NHK俳句
ひぐらし先生、俳句おしえてください。

ＮＨＫ俳句
ひぐらし先生、俳句おしえてください。

目次

1章　入門1年目　7

2章　入門2年目　81

【ひぐらしメモ】

＊本書は「NHK俳句」二〇一七年四月号から二〇一九年三月号に掲載された「ひぐらし先生の俳句指南」に書き下ろしを加え、まとめたものです。

1章

入門1年目

1　もずく君、弟子入りを申し出る

春風の心地よく吹く、あくびが出そうな日曜日です。ひぐらし先生のおうちは小高い丘の上にあるのですが、縁側に座ってお茶を飲みつつ、先生は遠くの春の雲を眠そうな目で眺めていました。

お茶請けのそばには、『俳句歳時記』が置いてあります。そうです、ひぐらし先生は俳句の先生なのです。俳句雑誌から依頼された新作十句の締切が近づいていることもあって、うとうとしながらも俳句を考えていたのでした。しかし、九句まではできたのですが、最後の一句がなかなか思い浮かびません。

「はあ……眠たいわ。春の昼間の睡魔は強烈やな。蛙《かわず》の目借時《めかりどき》か。めかりどき、めかりどき……別に周りには蛙はおらへんけどなあ。ほんま、不思議な季語《きご》やで」

ひぐらし先生は独りごちて、あくびを噛《か》み殺しながら『俳句歳時記』の春の部に載《の》っている「蛙の目借時」を引きました。俳句の先生なので、もちろん春の季語である「蛙の目借時」の意味は知っていますが、改めてどういう例句《れいく》があるか調べてみようと思ったのです。

すると、玄関の呼び鈴《りん》がなりました。

こんな日曜の昼間に訪ねてくるのは誰やろ、何かの勧誘かなといぶかしみつつ、ひぐらし先生はいったん『俳句歳時記』を閉じると玄関に向かいました。

ひぐらし先生がインターホンに出ると、

「あの……近所に引っ越してきた山吹《やまぶき》もずくと申しますが、ご挨拶《あいさつ》にうかがいました」

「ヤマブキモズク？」

「はい、お忙しいところすみません」

「季重《きがさ》なりやな」

「はい？」

「いや、こっちの話や」

そう言って、ひぐらし先生が玄関のドアを開けると、そこに妙におどおどした青年が立っていました。しかし、おどおどはしているけれど、ネクタイを締めたスーツ姿で、身なりはいやにきちんとしています。

今どき、引っ越しの挨拶回りでこんな正装で訪ねてくる者も珍しいと、ひぐらし先生は好感を持ちました。

「あの、これつまらないものですが、どうぞ召し上がってください」

だいたい引っ越しの挨拶のときに手渡す品物はタオルとか洗剤とか菓子折りとか、相場

は決まっているものですが、青年は、ちょっとした発泡スチロールの箱をひぐらし先生にうやうやしく差し上げました。

「なんや、なかなか重いものですね。ちょっと開けてみてもええかな？」

「どうぞ。ほんとにつまらないものですが……」

ひぐらし先生は、ひょっとして変なものが入っていやしないかと、恐る恐る発泡スチロールの箱を開けました。

するど、どうでしょう。ひぐらし先生は思わず、驚きの声を挙げたのです。

「ほう！　これは、立派な栄螺《さざえ》やないか！」

「ふるさとが愛知県の知多《ちた》半島でして。ひぐらし先生がエッセイで、栄螺がお好きだと書いておられたので取り寄せました。お気に召しますかどうか」

「お気に召すも何も、栄螺はわたしの大好物や。そやかて、なんでここが、ひぐらしの家やとわかったんですか？　表札は本名の桜井《さくらい》やのに」

「実は、三日前に引っ越してきまして、そのときにご近所の挨拶回りをしたのですが、先生のお宅だけお留守だったもので、先生のお隣《となり》のおうちの稲田《いなだ》さんという方にいつ頃いらっしゃるか、ちょっとお聞きしたのです。すると、ひぐらし先生なら、句会やら旅やらで留守がちですからねって。えっ、あの俳人のひぐらし先生ですか？　って、僕《ぼく》、すごく驚いたんです。ちょうど、エッセイを拝読したばかりだったし、先生の句集も持っていましたので。それで、慌《あわ》てて栄螺を取り寄せたんです」

「なるほど。それはたいへんお気遣《きづか》いいただき、ありがとうございました。でも、こんな高価なもん悪いなあ」

青年はとんでもないというようにかぶりを振って、栄螺を手渡したあとも、おどおどもぞもぞしていました。

「それにしても、今月号の雑誌に発表したわたしのエッセイを読んでくれたっちゅうことは、君も俳句を作ってるんですか？」

「いえ、それが始めたばかりというか、その……ひぐらし先生！」

不意におどおどもぞもぞしていた青年が意を決したような真剣な顔つきになって、ひぐらし先生に真っ直ぐな眼差しを向けました。

「先生、どうか、僕を弟子にしてください！」

虚を衝《つ》かれたひぐらし先生は、しばらくきょとんとしていました。そうか、この青年は引っ越しの挨拶をきっかけにして、わたしへの弟子入りを申し込むためにここを訪れたんやなと、ひぐらし先生はそのスーツ姿を見て思い至ったのでした。

青年がずっと深く頭を下げ続けているのを見かねて、

「ええから、頭を上げてください。そや、君の名はヤマブキモズク君といったかな?」

「はい、そうです」

「わたしがさっき、季重なりやな、言うた意味がわかりますか?」

「はい?」

青年はゆっくり頭を上げると、「季重なり」の意味を真剣に考え込んでいるようでした。

「もずく、てな変わった名前、初めて聞いたけど、春の季語なんですよ。これは漢字ですか?」

「あ、もずくって季語だったんですね。知りませんでした。名前はひらがなです。父親が酒のつまみには、必ずもずくと決まっていて、僕が予定より早く生まれたときも、晩酌《ばんしゃく》しながらもずくを食べていたそうです。それで父の大好物がそのまま名前になったというんですが、いい加減ですよね。母親が、もずくって、藻のくずのことだから縁起が悪いってずいぶん反対したみたいですが、父親は、もずくみたいにぬるぬる人生ねばって生きていけっていう願いも込めてつけたというんです。おかげで、人にはすぐに覚えられる名前になりました」

もずく君があまりに真面目《まじめ》くさった表情で、面白い名づけの由来を語るものだから、ひぐらし先生はつい吹き出してしまいました。

「もずくは、漢字だと海雲と書きますね。君の名字は山吹やから、これも春の季語。季語が二つで季重なりや。それにしても、山吹とは綺麗《きれい》な姓やなあ」

「はあ……」

「はあって、まさか、山吹見たことないんかいな？」

「それが、そのう……どんな花でしょうか？」

「なんや、自分の名字の花も知らんのか。いや、玄関先で野暮な話をしてしもた。よし、うちの庭にちょうど山吹が咲いてるから見ていきなはれ。栄螺のつぼ焼きで、一杯やろうやないか。もずく君の引っ越し祝いや」

「ありがとうございます！　では、先生の弟子に……」

「とは、まだ決めてないで。とにかく一杯やってからや。そういえば、栄螺も春の季語やったなあ」


【ひぐらしメモ】

●季語《きご》／歳時記に採用されて一般的に認められた季節を表す言葉。

2　もずく君、歳時記について問う

「では、お言葉に甘えてお邪魔《じゃま》します！」

もずく君は駄目《だめ》で元々だと、ひぐらし先生に弟子入りを申し入れましたが、栄螺《さざえ》の贈り物が功を奏したのか、玄関先で断られることもなく、先生が引っ越し祝いまでしてくれるというので喜んで靴《くつ》を脱ぎました。

「ちょうど、俳句作ってたんや。雑誌から新作十句の依頼があってなあ。最後の一句がまだできてへんねん。それができたら、酒とつぼ焼きの用意しよか。すまんけど、まあ、この座布団でも敷いてくつろいでください。この栄螺を台所に置いてきて、お茶でも淹《い》れるさかいに」

「いえ、先生、どうかお気遣《きづか》いなく。あ、自分が淹れます！　台所はどこでございますか？」

「いやいや、ええて」

「いえ、自分に淹れさせてください。弟子なんですから、それくらいのことはします」

「そやから、まだ弟子とは決めてないいて……」

ひぐらし先生を無理やり制して、その手から栄螺の入った発泡スチロールの箱を奪い取り、縁側に置いてある急須を持ったもずく君は、「台所、あっちですね」と見当をつけて早足に行ってしまいました。

やれやれ、ちょっと困ったことになってきたなあ……ひぐらし先生はそう呟《つぶや》くと、また縁側に座って『俳句歳時記』を手に取りました。

やがて、もずく君が急須にお湯を入れて、自分の分の湯飲みも持ってくると、縁側で歳時記を膝《ひざ》に置いて広げているひぐらし先生の隣《となり》に座りました。

ひぐらし先生の湯飲みにお茶を足して、自分の湯飲みにも淹れると、もずく君は遠慮がちに尋ねました。

「あの……先生」

「なんや」

「その広げている本は、歳時記ってやつですか？」

「そうやけど、ちょっと待ってや。その訊《き》き方は、まだ歳時記のこともようわかってない感じやな」

「季語《きご》の辞典ですよね。書店でめくってみたことはあります。でも、まだ自分の歳時記は持っていないんです。なんでかって言うと、いくつか種類があったりして、いったいどの歳時記を買っていいやらよくわからなくて」

「そうか。そう言われてみたら、初心者にはどの歳時記を選ぶか、考えるだけでも骨かもしれんなあ。ほな、これを手に取って見てみなはれ」

ひぐらし先生は、もずく君に歳時記を手渡しました。

「カワズノメカリドキ？　これも季語ですか？」

「〈蛙《かわず》の目借時《めかりどき》〉っちゅう春の時候《じこう》の季語や」

「時候とは何ですか？」

「四季それぞれの気候のことや。時候の挨拶《あいさつ》っちゅうやろ。春の時候の季語の最初には、なんて書いてある？」

「〈春〉ですね。そっか、〈春〉も季語なんですね？」

「そうや。時候の季語の最初は、春は〈春〉、夏は〈夏〉、秋は〈秋〉、冬は〈冬〉からはじまるもんなんや。それから、新年は〈新年〉からはじまる」

「新年？　歳時記って四季に分かれてるんじゃないんですか？」

「四季には分かれてるけど、歳時記には別に新年もあるんや。それだけ新しい年は大事やし、季語も特殊なもんも多いんやな」

「なるほど！」

「歳時記の項目は時候の他に、天文、地理、生活、行事、動物、植物と分類されてる。

歳時記によって、多少表記の仕方は違うかもしれんが、だいたいそんなふうに分かれてるんや。それで、もう一回〈蛙の目借時〉に戻ってみてくれるかな。〈蛙の目借時〉と立項《りっこう》されている下になんて書いてある？」

「〈目借時〉ですね。これはいったい……」

「傍題《ぼうだい》いうて、立項された〈蛙の目借時〉以外にこんな言い方、表現もありますよっちゅうことや。〈蛙の目借時〉の場合は、〈目借時〉という縮めた表現もあるで、と教えてくれてるんや。ほんで、〈蛙の目借時〉の横にある文章をいっぺん読んでみてくれるか？」

「はい！」

もずく君は、まだ正式に認めてくれてはいないものの、なんだか先生の弟子らしくなってきたと内心喜びを嚙《か》みしめながら読み始めました。

「春の暖かさは眠気を誘うが、わけても蛙の声が聞こえるころになると、うつらうつらと眠くなる。俗に蛙に目を借りられるからといい、このころの時候を目借時といった。古風な俳諧味《はいかいみ》のある季語の一つといえよう。（『合本　俳句歳時記　第四版』より）」

「ちゅう意味や。要するに、〈蛙の目借時〉の説明が書いてある。この説明をしっかり読んで、まずは季語の本意・本情をつかむことが大事なんや」

「ホンイ・ホンジョウ？」

「季語の本来持っている意味と情感のことやな。季語をきちんと把握《はあく》して句作りせんと、トンチンカンな作品になってまうやろ？　〈蛙の目借時〉の意味も知らんと、その季語で俳句は作れんちゅうことや」

「説明のとなりに書いてある俳句は？」

「例句《れいく》やな。その季語を使った名句や秀句、お手本になるような俳句を例として挙げてる」

「縁側の言葉が入った句もありますね。〈無住寺の縁側ひろき目借りどき　仲村美智子〉」

「わが家の縁側と違って、その句の無住寺、住職のいないお寺の縁側はもっと広いんやなあ。たしか、鎌倉にもそんなお寺があったように思うが。そんな広いのんびりした縁側を見てるだけでも、なんや眠くなるもんや」

「そうやって鑑賞するんですね」

「例句を自分なりに鑑賞するのも大切なことやねん。でも、作るときはそのまま表現を盗んだら、もちろん盗作になるさかいあかんで。そやのうて、例句を鑑賞して、発想の起点や刺激にしたりして参考にするんや。または、例句を超えようちゅう気概《きがい》を持って、全く新しい発想や想像力を働かせるのもええな。いや、そのほうが志が高い。いま言うたような感じで、歳時記は活用したらええんや。初心者は特に、歳時記を手元に置いて、どんどん引いたほうがええで」

「ご指導ありがとうございます！　でも、最初はどんな歳時記を持つのがよいのでしょうか？　この先生の文庫の歳時記なんか軽くて良さそうだけど」

「いや、初心者にはどっちかちゅうと、季節別の文庫本は向かんと思うな。なんでかわかるか？」

もずく君は考えましたが、やがて首を横に振りました。

「先生、ぜひ教えてください！」

「そうやなあって、おいっ！　もずく君、ええかげんにしてくれよ。こないなことしてたら、わたしの句作りができへんやないか。あと一句、作らなあかんねん」

もずく君は、「すみません……」と下を向くと、音を立てないようにお茶を飲みました。

そして、「あそこ、テナント募集してたなあ」と不意に独り言を呟きました。

すると、ひぐらし先生が突然叫んだのです。

「それやがな！　いただきや、そのフレーズ！」

3 もずく君、俳句のリズムを学ぶ

「どうしたんですか！ 先生。僕《ぼく》、何か言いましたっけ？ テナント募集の話はしましたが……」

もずく君は、ひぐらし先生が急に叫んだ「いただきや、そのフレーズ！」の意味がさっぱりわからなかったので、そう尋ねました。

「ちょっと黙っててくれるか……うん、うん、字余《じあま》りか。そうか、でもこの句には、かえってこのリズムがよう合うてるな。よし、いける。決まりや」

ひぐらし先生はしきりに何か確認しながら、そして深く頷《うなず》いたかと思うと、そばに置いてあった俳句手帳を取り上げて何か書きつけました。それから口のなかでぶつぶつ呟《つぶや》くと、

ひぐらし先生はもう一度頷き、もずく君のほうに笑顔を向けました。

「もずく君、ありがとう。君のおかげで一句授《さず》かったわ。新作十句の原稿依頼、これでやっと全部片づいた。ほんまにおおきに！」

「……僕、何か、先生のお力になるようなことしましたっけ？」

もずく君は、ひぐらし先生に感謝されるようなことをした覚えがないので、ちょっと当

惑していると、

「何を言うてんねん。さっきの君の独り言がヒントになって、一句できたんや。テナント募集してたなあ、言うたやろ」

「はい、確かに言いましたが……僕、今はサラリーマンですけど、いつか資金を貯めて、ジャズ喫茶でも開店できたらなという夢がありまして。それで近所のテナント募集の看板が気になっていたんです。でも、そんな独り言が先生の句作りのお役に立ったんですか？」

「そうや。ほな、ここで披露《ひろう》しよか。雑誌に発表する新作やさかい、本来は内緒やけど、もずく君のおかげでできた句や。君の感想も聞かせてほしい」

「それはすごい。先生の出来立てほやほやの句が聞けるなんて、僕は幸せ者です！」

ひぐらし先生は、やおら縁側の座布団の上で背筋を正すと、遠くの雲を見上げて、俳句を読み上げました。

「蛙《かわず》の目借時《めかりどき》テナント募集中」

もう一度、その句をゆっくり読み上げたひぐらし先生は、もずく君の方に向き直り、

「こんな句や。もずく君、どう思う？」

もずく君も背筋を正して、先生の朗誦《ろうしょう》に耳を傾けていたのですが、「どう思う？」と、いきなり訊《き》かれてもなかなか言葉が出てきません。でも、なんとかひぐらし先生に自分の

感想を伝えたいと思いました。

「先生、間違っているかもしれませんが、よろしいでしょうか?」

「もずく君、自分の感じたままでええんですよ。間違ってるも何もないさかい、聞かせてくれるかな?」

「はい。なんというか、俳句って不思議《ふしぎ》だなと思いました。〈蛙の目借時〉という季語《きご》と〈テナント募集中〉という言葉をこうやってプラスするだけで、面白い世界が現れるのだなあと。〈蛙の目借時〉という春の眠い時期に、テナント募集しているけど、僕みたいにその看板に目を留める人は、めったにいないのかもしれないですね。ほとんどの人は、看板の前をぼんやり通り過ぎていく。そんな可笑《おか》しみがこの句に表れているように思いました」

もずく君の感想を聞き終えた先生は、大きく一つ頷くと、「ええ句評ですね。おおきに」と微笑《ほほえ》みました。

「もずく君、君は初心者やのに、なかなか読み取る力がありますね。取り合わせの可笑しみをこの句から感じ取ってくれたら、わたしはそれで充分や」

「先生、恐縮です。あの……それで、僕は、弟子入りの試験に合格でしょうか?」

「そやな。別に試験したつもりはないけど、わたしの句作りのヒントもくれたことやし、これもなんかの縁やろ。よし、今から弟子とするかな」

「やったあ！　ありがとうございます！」

「ところで、もずく君。この句は何音ある？」

「え？　何音？」

もずく君は悩みながら指折り数えました。

「えっと、二十音ですかね」

「ブー！　不正解や。正解は、十八音。どこで数え間違うたかわかるか？」

「どこで……あっ！〈募集中〉の〈しゅ〉と〈ちゅ〉の部分で、僕は小さい〈ゅ〉を二つとも一音と数えました。でも、それはカウントしないということですね？」

「その通り。〈しゅ〉や〈ちゅ〉は拗音《ようおん》といって、これで一音と数えるさかい、全体で十八音の字余りの句となるんや」

「なるほど！　それで定型の十七音以上ある十八音の句だから、字余りというんですね」

「そうや、飲み込みが良くてよろしい。この句はぱっと閃《ひらめ》いて作ったけど、偶然字余りになったんや。その字余りが、なんとのうこの句の眠たげな雰囲気《ふんいき》に合ってる思うさかい、このままでええと思たんや。やたらめったら、字余りの句ばかりではあかんけど、句の持つ内容や雰囲気によって、字余りを一つの表現効果として活かすこともある。でも初心者には、表現効果として字余りにするのはちょっと難しい。まず徹底的に、十七音の定型で俳句を作ることからスタートしたほうがええと思う。一応まあ、俳句では字余りは一概《いちがい》に悪いものやない、絶対禁止ではないちゅうことを覚えておいたらええわ」

「なるほど。確かに〈蛙の目借時テナント募集中〉の最後の〈中〉の伸びていく音が、眠たげに響きますね。俳句のリズムって奥深いんだなあ。でも、待てよ。この句、五七五のきっちりしたリズムじゃないですね。あれ？　でも、俳句のリズムを感じる。なんでだろ？」

「よう気づいたな、もずく君。そしたら、五七五のリズムの俳句を一つ例として挙げてみてくれるか？」

もずく君は腕組みをしてしばらく考えました。

「あ！〈柿くへば鐘が鳴るなり法隆寺《ほうりゅうじ》〉がそうだ」

「まさに。〈柿くへば〉の最初の五音を上五《かみご》、〈鐘が鳴るなり〉の真ん中の七音を中七《なかしち》、〈法隆寺〉の最後の五音を下五《しもご》という。まずこの、上五・中七・下五という俳句用語を覚えておくように。正岡子規《まさおかしき》のこの句は、綺麗《きれい》な五七五のリズムやな。でも、〈蛙の目借時テナント募集中〉は破調《はちょう》の句や。文字通り、調べが破れてる。また、句またがりっちゅう言い方もするなあ」

「クマタガリ、ですか？　俳句にも大外刈《おおそとが》りみたいな柔道の技みたいなのがあるんですね」

「技ちゅうたら技かもしれんな。もずく君、この目借時の句を五七五のリズムに切ってみてくれるか？」

「えっと。〈かわずのめ〉で五音、〈かりどきテナン〉で七音、〈トぼしゅうちゅ〉で五音、〈う〉が一音字余り」

「そうやな。言葉が上五から中七、中七から下五とまたがって意味を成してるやろ。これが句またがりや」

「先生、勉強になります！　弟子一日目にしていろいろ教わりました。あ、それで先生、歳時記の話に戻りますけど、どんなのを選べば良かったんでしたっけ？」


【ひぐらしメモ】

●拗音《ようおん》／小さい「ゃ」「ゅ」「ょ」は単独一音には数えない。また、長音（音引き）と促音（小さい「っ」）は一音に数える。

●字余《じあま》り・字足《じた》らず／俳句の基本は五音、七音、五音の韻律《いんりつ》の十七音からなる定型。定型より音数が多い、あるいは足りないことを言う。

4　もずく君、歳時記の選び方を伝授せらる

「そういえば、どんな俳句歳時記を選べばええかっちゅう、もずく君の質問がお預けやったなあ。書店の棚にはいくつか種類があって、どれを買うてええかわからへんと」

「そうなんです。それで、先生がお持ちのこの文庫本の歳時記が軽くて良さそうだなと思ったのですが、それは初心者には向かないと先生がおっしゃいました」

ひぐらし先生は頷《うなず》くと、もずく君に微笑《ほほえ》みかけました。

「もずく君、その話は一杯やりながらでどうや？」

「賛成です！」

「よし。ほな、これから君の引っ越し祝いや。もずく君からいただいた栄螺《さざえ》をつぼ焼きにしよか。お酒は台所の下の棚に……」

「焼酎《しょうちゅう》、ですよね？　ロックでいいですか？」

「そうや。でも、なんでそれを……」

「先ほど、お茶をご用意したとき、失礼ながら台所まわりはだいたいチェックしました。先生の弟子になるんですから、それくらいは把握《はあく》しておかないと、と思いまして。冷蔵庫

には、もずくもありましたね」

「共食いやな」

「はい。でも、いただきましょう」

もずく君は「卵もありましたから、出し巻きにしますね」と嬉《うれ》しそうに言って、台所へ駆けていきました。

ひぐらし先生は、「なかなか機転の利《き》くやっちゃ」と思いながら、「さて、物置から七輪《しちりん》と炭でも引っ張り出すか」と呟《つぶや》いて立ち上がりました。

やがて、縁側に酒宴の用意が整い、もずく君は炭の熾《おこ》った七輪の上に栄螺を二つ置きました。

「では、もずく君の引っ越しを祝して乾杯！」

「先生、ありがとうございます！」

二人はオンザロックの焼酎のグラスを合わせると、

「いやあ、ひぐらし先生とこうして一緒に飲んでいるなんて、夢みたいです」

感に堪《た》えないといった様子で、もずく君が呟きました。

「わたしも飛び込みの弟子を取るやなんて、思ってもめえへんことやった。そやけど、人との出会いちゅうのは、案外こんなもんかもしれんなあ。そうや、山吹《やまぶき》もずく君。あれが、山吹の花や」

ひぐらし先生が指差した先の庭の片隅には、五弁の黄色い花が微風に揺れていました。

「あ、あれが山吹ですか。鮮やかですね。ほんとに初めて、自分の姓になっている花を見ました」

「山吹や蛙《かわず》飛びこむ水の音」

「あれ？　先生、その句の上五《かみご》は〈古池や〉ではないでしょうか？」

「その通りや。そやけど、名吟といわれるこの句ができる過程において、芭蕉《ばしょう》は中七《なかしち》と下五《しもご》はできたが、上五を何としたらええか、思案したんや。それで芭蕉の弟子の榎本其角《えのもときかく》が〈山吹や〉ではどうですか？　言うて案を出した。たしかに〈山吹や〉にすると、いわゆる取り合わせの句となってコントラストがはっきりする。取り合わせとは一見関係のない事柄を組み合わせることで、思わぬ詩的な世界が広がることや。其角の〈山吹や〉の案やと、山吹の黄の色彩、視覚と蛙の飛び込んだ音、聴覚との取り合わせになる。おそらく山吹は水辺に咲いてるんやろ。一句の景色としても、山吹の花を配するほうが〈古池や〉よりも鮮明になることは間違いない。しかし、芭蕉は其角の案は採用せずに、〈古池や〉としたんや」

「古池や蛙飛びこむ水の音」

もずく君は、改めてこの三百年以上ものあいだ語り継がれてきた芭蕉の句をゆっくりと読み上げました。

「うん、やっぱり上五は〈古池や〉やな。何度聞いても飽きがこんのや。もう一つ言うたら、作為がない。いや、見えないと言うたほうがええのか。〈山吹や〉は、其角の作為が見え隠れする。そやけど、この作為を無くする、あるいは作為をさりげなく消すというのは、なかなか難しいことなんや。わたしも一生修業せなあかんなあ」

俳句初心者のもずく君には、先生の言う作為の問題がまだ実感として理解できないところがありましたが、このことは大事な気がして胸に留めておこうと思いました。

「ちょっと難しい話になってしもたな。そや、歳時記はどれがええかっちゅう話やったな。その前に、このもずく君特製の出し巻き卵をいただこうか」

ひぐらし先生は、まだ湯気の立っているそれを口に入れてほくほく味わうと、「うまい！こんな深い味、どこで習うたんや」と絶賛しました。

照れながらもずく君は、「本を見ながら、独学しただけですよ。僕《ぼく》は共食いします」と言って、ポン酢で味付けしたもずくをつるりと飲み込みました。

「初心者に文庫の歳時記を使うのを勧めへんのは、季重《きがさ》なりが調べられへんちゅうのがある。初心者は、知らずによく季重なりの句を作りがちなんや。時には一句のなかに三つくらい季語《きご》が入ってることもある。それは季語を知らんさかい、そうなるんや。そやから、季語を一つ一つ覚えていくことが大切といえる。たとえば、文庫版の春の歳時記しか手元になく、〈花見〉でこんな句を作ったとしよか。〈爽《さわ》やかにサングラス取り花見かな〉。もちろん〈花見〉は桜を愛でることやから、春の季語やな」

「なんか、ちょっと気障《きざ》な男か、黒髪のかっこいい女性がサングラスを取った姿が目に浮かんできました」

「まあ、そんな人物が見えるかもしれん。そやけど、この句には〈花見〉の他に二つ季語が入ってるんや。もずく君、どれかわかるかな?」

はっとしたもずく君は、縁側に置いてある文庫版の春の歳時記を手に取って、巻末の季語の索引を調べてみました。しかし、〈花見〉の他にこの句に使われていそうな季語は見当たりません。

ひぐらし先生は焼酎を一口飲んで立ち上がると、ある本を手にして戻ってきました。そして『合本俳句歳時記』と表記されたその本をもずく君に手渡しました。

もう一度、もずく君はこの句に使われていそうな季語をそれで調べつつ、「あっ!」と声を挙げました。

「〈爽やか〉が秋の季語で、〈サングラス〉が夏の季語だったんですね! そっか、『合本俳句歳時記』は春夏秋冬・新年すべての季語が一冊に入っているから、春以外の季語も簡単に調べられるんだ」

「一冊で四季の季語が調べられるし、季重なりも容易に確認できるさかい、『合本俳句歳時記』は便利なんや。あとは、『季寄せ』いうて季語の説明がほとんどない、例句《れいく》も少ないものもあるが、それは上級者向けかな。『大歳時記』いうて、説明も例句も詳細に載《の》っていて、写真や図説が充実したものもある。これは図鑑みたいで見てるだけで楽しい。でも、なかなか値も張るもんやさかい、まあやっぱり最初は『合本俳句歳時記』がええと思う。一版だけ古い歳時記になるけど、内容はそない変わらんよって、君にその歳時記は差し上げますよ」

「……先生。先生の使っていた歳時記を僕なんかに」

「おいおい、もずく君は泣き上戸か。そんなことで泣きなさんな。おっ！　栄螺がぐつぐつしてきよったぞ」

5　もずく君、動詞について思いをめぐらす

もずく君は、引っ越しの挨拶《あいさつ》と弟子入り志願を兼ねた春の訪問以来、ひぐらし先生宅を時折訪問するようになりました。最初の訪問では栄螺《さざえ》を持参していきましたが、その後ももずく君は先生を訪ねるたびに何かしら季節のものを持ってうかがうようになりました。

梅雨《つゆ》の最中のある日曜日のことです。

「先生！　きょうはいい鮎《あゆ》が手に入りましたよ」

「なんやて！　また、わたしの好物やないか」

ひぐらし先生は、書斎でエッセイの原稿を書いていた手を止めて、玄関へ足早に向かいました。

「先生、お忙しいなか、お呼び立てしてすみません」

「ほんまやで。ほんで、その鮎っちゅうのは？」

ひぐらし先生は嬉《うれ》しそうに、もずく君を急《せ》かしました。

もずく君が持参した木箱の蓋《ふた》をそっと開けると、

「わあ、立派な鮎やなあ！　もずく君、ちょっと」

先生は、もずく君からその木箱を奪い取り、氷を敷き詰めた中に整然と並ぶ魚体の煌《きらめ》きに鼻を近づけました。

「先生……何をされているんですか？　この鮎は長良川《ながらがわ》で獲《と》れたての天然ですから腐ってなんかいませんよ」

「そりゃ、わかっとる。この清流の苔《こけ》を食べて育った鮎だけが放つ典雅《てんが》な香り、たまらんなあ。まさに香魚や」

「コウギョ、ですか？」

「夏の季語《きご》の鮎は、香魚ともいう。ええ香りを放つさかいな。西瓜《すいか》や胡瓜《きゅうり》の香りにも似てる。また、生まれたその年のうちに死んでまうさかい年魚《ねんぎょ》とも呼ばれる」

「なるほど。きょうも勉強になりました。では、僕《ぼく》はこれで失礼します」

「おい、もずく君、もう帰ってしまうんかいな」

「はい。先生もお忙しいでしょうから」

「蕪村《ぶそん》か……」

「え？」

「蕪村の意味知りたかったら、寄っていかんか？　ほんで、鮎の甘露煮《かんろに》でも作ってくれたら嬉しいんやが」

「もちろんお作りします。では、出来上がりましたらお呼びしますので、先生はお仕事なさっていてください」

それを聞いたひぐらし先生は微笑《ほほえ》んで頷《うなず》き、引き留められたもずく君も嬉しそうに靴《くつ》を脱ぎました。

やがて、台所からの「先生、できましたよ！」と言うもずく君の声に、ひぐらし先生は飛んできました。

「縁側に七輪《しちりん》を出して塩焼きもご用意しています」

「おおきに。ほんまに君を弟子にしてよかったわ」

ひぐらし先生は、きょうの仕事はここまでとして縁側に腰を下ろすと、もずく君と焼酎《しょうちゅう》で乾杯しました。

「先生、それでさっきの蕪村か、というのは？」

「〈鮎くれてよらで過ぎ行く夜半《よわ》の門〉ちゅう蕪村の句があるんや。夜半は夜中のことやな。そんな時間に門をたたく人がおる。誰やろう思て、戸を開けてみると、そこに友人が鮎をさげて立ってたんや。ほんで鮎だけ手渡して、言葉少なにすぐに帰っていったんやな。そこに静かな友情ちゅうか、人との粋《いき》な交わりが描かれてるんや。君もさっき、すぐ帰ろうとしたやろ？　それで蕪村のこの句がふと浮かんできたっちゅうことや」

「そうでしたか。すごくいい句ですね。僕もその句を知っていたら、そのまま帰っていたかもしれません」

「いや、それは困る。君が家に寄ってくれたさかい、美味《おい》しい甘露煮にありつけたんや。ほんま、この甘露煮、焼酎に合うなあ。さて、塩焼きもういけるころかな」

ひぐらし先生は焼き立ての鮎の塩焼きにかぶりつき、そのほくほくした白身に思わず舌《した》鼓《つづみ》を打ちました。

「うまい！〈川魚の王〉とはよう言うたもんや。さて、もずく君、この句の表現に何か思うことはないかな？」

「えっと……さすが蕪村だなと感心するばかりですが」

「実はこの句よく見ると、動詞が多いんや。〈くれて〉〈よらで〉〈過ぎ行く〉と動詞が三つも使われてる。ふつう一句のなかに動詞を三つも入れると、散文的になるか、言い過ぎの感が出てしまうもんや。散文的というのはよく俳句を評するときに使われるが、焦点のはっきりしない冗長で間延びした感じの句ちゅうような意味合いで用いられることが多い。そやけど、この句はそうやない。調べも壊れてないし、韻律《いんりつ》の緩《ゆる》みも感じられない。また、説明的でもない。下五《しもご》の〈夜半の門〉がしっかりと上五《かみご》、中七《なかしち》の流れを受け止めてるさかい、散漫にならず逆に余韻が広がるんやろう。〈鮎くれてよらで過ぎ行く〉までは動、締めの〈夜半の門〉は静。最後に〈門〉ちゅう物を持ってきて、上五からの動きが一気に静まるんや。まあ、君の言うように、さすが蕪村やなあというひと言に尽きるんやけど、これを初心者が下手に真似すると、おそらく失敗するやろうな」

「真似するというのは、一句に動詞を三つも使うということですか？」

「そうや。俳人にもよるが、一句のなかに動詞は一つでええちゅう人もおる。そう断言するのも表現の幅を狭める恐れもあるし、蕪村のこの句を見てもわかるように動詞が一つ以上あってもええ句は作れるんやけど、まあ初心者に対する戒めのように〈一句のなかに動詞は一つ〉と言われることがある。それくらい初心者の句作りは、動詞や形容詞の多い、内容を説明したがる傾向にあるちゅうことや。たとえば、初心者が作ると、〈鮓《すし》食べて父と語りて酒を飲む〉みたいな句になってしまう。内容はようわかる。しかし、〈食べる〉〈語る〉〈飲む〉という三つの動詞はただ状況を説明してるだけで詩がない。蕪村の句とは大違いや。これがいわゆる散文的な表現やな。ほな、ちょっと動詞を減らしてみよか。〈握《にぎ》り鮓父より酌《しゃく》を受けにけり〉。ちなみに〈鮓〉も〈握り鮓〉も夏の季語になる」

「すごい！〈握り鮓〉とすることで〈食べて〉という動詞はいらなくなった。そして〈父と語りて酒を飲む〉は、〈父より酌を受けにけり〉という具体的な動作にすることで、いっそう父と一緒に語り合いながらお酒を飲んでいる様子がはっきり見えてきました。動詞が減るだけで、こんなにすっきりした表現になるんですね！」

「今度は動詞を二つ使った、鮎釣りの秀句を挙げてみよか。〈山の色釣り上げし鮎に動くかな　原石鼎《はらせきてい》〉。〈釣り上げる〉と〈動く〉が動詞やけど、この二つもうまく効《き》いている。〈山の色〉は川の背景やろう。その背景の山の色である緑が、鮎を釣り上げたとたん、動いて見えたんや。実際に動いてるのは魚体のほうやけど、元気のええ鮎が釣られて宙で身をくねらせることで、背景の山の色まで動いてるように捉《とら》えた感覚の冴えた句といえる。それから下五の切字〈かな〉が、さっき例に出した蕪村の句の下五〈夜半の門〉と同じように、動詞の勢いを受け止めてるのも成功のポイントやな。こうやって見ていくと、作句のとき、描写としてどれだけ明確に、そして無駄なく動詞を使うことが大事か、ようわかったやろう。俳句は短いさかい、よけいに言葉を吟味せなあかんのや」

もずく君は、ひぐらし先生の話に耳を傾けながら、動詞を無駄に使わずに、使うならばできるだけ一句のなかで的確に活かせるように心掛けようと思いました。

「さて、もずく君。もう一匹王様を焼いてくれるかな」

6　もずく君、なぜ落選したのか、考える

七輪《しちりん》の上で、もずく君がひぐらし先生のために持ってきた鮎《あゆ》がいい香りをさせて焼き上がろうとしています。ひぐらし先生は鮎が好物なので、これが二匹めです。

「先生、もう食べられますよ。あ、雨ですね」

「〈鮎焼くや葛《くず》を打つ雨また強く〉、うん、富安風生《とみやすふうせい》の名句やな。」

「今のこの光景にぴったりの一句ですね」

「そうやな。我が家の庭の葛もまた手入れせんと、だんだん茂ってきよったなあ」

もずく君は菜箸《さいばし》を使って、七輪から焼き上がった鮎を先生の皿に移すと、最近いつも持ち歩いている『合本俳句歳時記』をリュックサックから引っ張り出して、何やら調べはじめました。

「そっか。やっぱり〈葛〉も季語《きご》か。〈鮎〉は夏の季語、葛は秋の季語となると、季重《きがさ》なり。季重なりは必ずしも悪いことではないとおっしゃっていましたね、先生?」

「もずく君、その積極的な姿勢なかなかよろしい。そうや、季重なりは絶対あかんわけやない。風生も季重なりは重々承知の上でこの句を詠《よ》んでる。上五《かみご》で〈鮎焼くや〉と、切《きれ》

字《じ》〈や〉を置いて詠嘆《えいたん》してるさかい、鮎がメインの季語になる。この句では葛はあくまで脇役や。ちょうど、梅雨《つゆ》の時期やろうなあ。雨が止みかけてたと思たら、またしても強く降ってきて葛の葉を打ち出した。鮎を焼く火と葛をたたく雨、火と水との対比がなんとのう原始的な響きをたたえてる十七音に思える」

「たしかに。僕《ぼく》は、焼かれている鮎の哀れとそれを食べる人間の哀れも感じました」

「ほう。もずく君は最初から鑑賞の筋がええと思うてたけど、今のもええ読みやなあ。感心、感心」

「先生、恐縮です。でも、僕なんてまだまだです。先生が新聞や雑誌の俳句の投稿にチャレンジしてみるのも勉強になるとおっしゃっておられたので、先日、俳句雑誌の投稿欄に腕試しで初めて送ってみたのですが、落選でした。佳作にも引っかかりませんでした」

「そうか。あかんかったか。それはええ経験したな」

「落選がいい経験なんですか？　僕の句はなぜ落とされたのかなあ。どこがダメだったんだろう……」

「悩むことが大事なんや。悩むだけやのうて、なんで落ちてしもたか、自分でその原因を考えてみたかな？」

「はい。一応考えましたが……はっきりわかりません」

「よし。自分で一度考えたなら、なおよしや。わたしの弟子でもすぐ添削《てんさく》してください、どこが悪いのか教えてください言うてくるのがおるんやけど、自分で一度もその句を見直さんと、いきなり答えを求めてくる姿勢は感心せんな。俳句は〈自得の文芸〉とも言われるように、結局は自分自身で考えて勉強して身につけていくもんや。そやさかい、落選して悩んで、その句を自《みずか》ら見直して推敲《すいこう》するちゅうことはええ経験なんや」

「なるほど。めげずに、いっそう作句に励みます！」

もずく君は、焼酎《しょうちゅう》をぐいと一口飲みました。

「その意気やで。で、どんな句送ったんや？」

「はい、先生にお聞かせするのは恥ずかしいのですが、〈友人が倒れても乱れぬ蟻《あり》の列〉という句です。自分でも字余《じあま》りなのはよくわかっています。でも、どのようにリズムを整えたらいいのか、よくわからなくて……」

「うん、落選の理由がようわかった。この句は、二つ直したほうがええポイントがある。一つは今、もずく君が言うたようにリズムの問題やな。上五〈友人が〉で五音、中七《なかしち》〈倒れても乱れぬ〉で九音、下五《しもご》〈蟻の列〉で五音。中七が二音多い、字余りになっている。ここを七音に収めて、きちんと十七音にしたい。それからもう一つは、〈友人が倒れても〉ちゅう表現の問題や。もずく君、この友人ちゅうのは誰の友人なんや？」

「蟻の友人だから、蟻のことです。たくさんの蟻が集まって列を作っているなかで、一匹死んでいても蟻は列を全く乱すことなく、動きを止めることも悲しみを見せることもなく歩いている様子をなんとか一句にしたかったんです。実際にそういう場面を目にしたものですから」

「ふむ……もずく君の詠みたかった場面、切り取ろうとした蟻の様子はようわかった。しかし〈友人が倒れても〉ちゅう表現は、ちょっと大げさな擬人法《ぎじんほう》やな」

「ギジンホウ？　ですか」

「そうや。この擬人法ちゅうのをなぜか初心者はようやりたがる。この句も蟻を人間に見立てて、〈友人が倒れても〉と詠んでるやろ。蟻は人ではないわな」

「先生、生意気なようですが、でも僕としてはその表現の部分が一番工夫したところなんです」

「そうやろうな。でも、ちょっと力み過ぎや。擬人法を一句のなかに取り入れると、よっぽどうまい表現でないと読む側からしたら、なんや幼いような、あるいはいまいち意味が読み取りづらい句になってしまうんや」

「そうですか……擬人法はやめたほうがいいんですね」

「いや、絶対禁止ではない。俳句の表現において、絶対やったらあかんことはないと言っていい。なんでも例外はあるし、擬人法でも季重なりでも字余りでもテクニックさえあれば、表現として活かすことができるんや。しかし、ここでわざわざ擬人法を持ち出さんでもええのになあ、ちゅうところでやってしまうのが初心者の常なんや。赤いトマトを見て照れているようやと言うてみたり、殻から顔を出さないカタツムリを見て恥ずかしがっているようやと人間みたいに詠んだりする句を見かけるときがあるけど、ひと言で言うと陳《ちん》腐《ぷ》な表現。擬人法を使うときは、気をつけたほうがええちゅうことや」

ひぐらし先生は、もずく君の作ってくれた鮎の甘露煮《かんろに》をひと口食べて、焼酎で喉《のど》を潤《うるお》すと、縁側の向こうの雨脚をしばらく見つめていました。

「風生の句でこんなのもあるなあ。〈一生の重き罪負ふ蝸牛《かたつむり》〉。これも擬人法やけど、でもこう詠まれてみると、蝸牛は前世で何か大罪を犯したように、自分の体よりも大きな殻を、まるで罪を負うように背にして生きてるんやないかと思わせる。仏教的な深い句やなあ。それから、能村登四郎《のむらとしろう》には、〈風聴いてゐるらし角のかたつむり〉ちゅう擬人法の句があるな。この句もかたつむりは風に耳を傾けることはないけども、伸びた角がまるで風を聴いてるみたいやと捉《とら》えたところに抒情《じょじょう》がある。両句とも擬人法でしか表現できんかった必然性がある。どうせ擬人法を使うんやったら、こうありたいもんやな」

「先生、この二句と僕の擬人法とを比べると、雲泥《うんでい》の差があることがよくわかりました。

そうすると、僕の句はいったいどうすればいいのか……考えてみます」

「もずく君、これではどうや。〈蟻一つ死すや乱れぬ蟻の列〉。擬人法はやめて、もっと即物的に詠んで字余りを解消してみたんやが。〈友人が倒れても〉の〈が〉は強すぎる響きやし、〈も〉という助詞も理屈っぽいさかい、それらも無くしてみた。切字〈や〉を挟《はさ》んで蟻の語をリフレインさせることで、その行進のある種非情な感じや躍動感も出てくるやろう。まあ、添削はあくまで参考までに」

「すごい！　見違えるように拙句がよくなりました。先生、そのう……実は、まだ落選した句があるのですが」

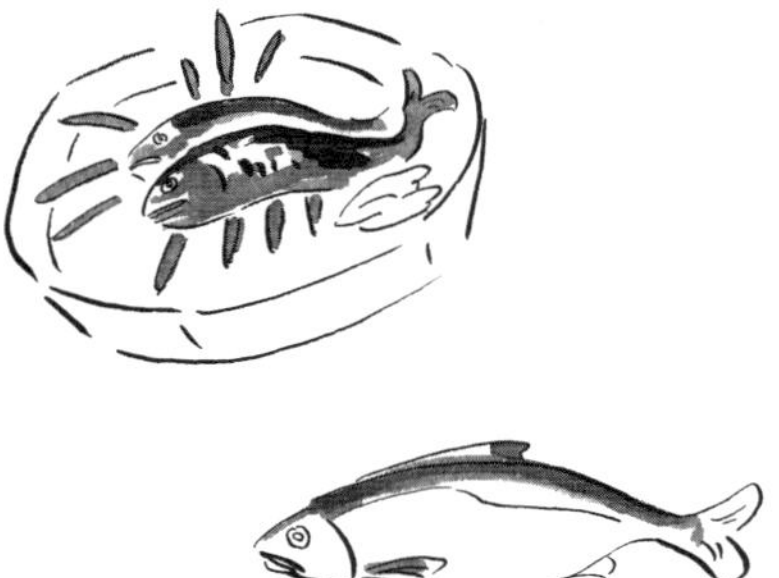

7　もずく君、作句の「禁じ手」を知る

「わたしの知らんうちにいくつか投稿してたんやな。もずく君、そのチャレンジ精神大事やで。初心者のうちは落選してなんぼや。そこから学んでいったらええんや」

「ありがとうございます！　では、遠慮なく落選句を先生に披露《ひろう》します。〈松茸《まつたけ》や味はシメジに負けにけり〉という句ですが、いかがでしょうか？　切字《きれじ》を効《き》かせたつもりなのですが、佳作にも入りませんでした」

「うむ。見事なまでに典型的な落選句やな」

ひぐらし先生はそう呟《つぶや》くと、もずく君にその句を紙に書くように促《うなが》しました。

「典型的、と申しますと……」

もずく君は、自分のリュックサックからノートを引っ張り出して、松茸の句を書いてひぐらし先生に見せました。そして先生は、もずく君から赤ペンを借りると、その句をこつこつとペン先で叩《たた》きました。

「ええか、もずく君。ちょっと、君にとっては耳が痛い話になるかもしれんけど、今ここでよう学んでおいたら、後々の句作りがぐんとよくなるさかい、しっかり聞いといてや。

この句には初心者がやってしまう典型的な失敗がいくつかあるねん」

「はい……」、もずく君は居住まいを正しました。

「ほなら、まず切字から見ていこか。もずく君、この句には切字がいくつある？」

「二つあります」

「そうやな。上五《かみご》の〈や〉と下五《しもご》の〈けり〉が切字。切字の働きは、俳人の藤田湘子《ふじたしょうし》が端的に指摘している。一つは〈詠嘆《えいたん》〉。～だなあと感動や感激を表す。二つめは〈省略〉。それ以上は述べずに、読み手に解釈の広がりを任せる。三つめは〈格調〉。切字を使うことでリズムが整い、言葉の響きがよくなる。切字にはこの詠嘆、省略、格調の働きがあることをまず覚えておいたらええと思う。それで、切字というのは一句のなかで一つあるだけで強く働くさかい、短い俳句のなかには二つあると切字同士で喧嘩《けんか》してしまうんや。リズムも切れ切れになってしまう。この句でも〈や〉と〈けり〉の両方が強く響きすぎてるさかい、どっちか一つでええな。たとえば、〈や〉を〈の〉に替えて、〈松茸の味はシメジに負けにけり〉としたらすっきりする。一句のなかに切字は一つということや」

ひぐらし先生は、赤ペンで〈や〉を〈の〉に直して、今度は〈シメジ〉の部分に赤線を引きました。

「あ！　先生、次のご指摘される理由がわかりました。季重《きがさ》なりですね。しまった！」

もずく君は、これまでひぐらし先生と何度か話している季重なりのことを思い出して悔やみました。

「たしかに季重なりでもある。松茸もシメジも秋の季語《きご》やな。もう一つ言いたいことがあるねん。それは表記のことや。なんで、シメジとカタカナにしたんや？」

「すみません。特に理由なくそうしました」

「俳句を詠《よ》むときは、漢字にするのか、ひらがなにするのか、カタカナにするのか、どんな表記を選択するのかが大事なんや。よく初心者が表記のうえでやってしまいがちなのは、動物や植物の名前をカタカナにすることや。たとえば、〈秋刀魚《さんま》〉は秋の季語やけど、俳句で〈サンマ〉とカタカナで書くと、ちょっと軽い表記になる」

「軽いとはどういうことでしょうか？」

「ほな、加藤楸邨《かとうしゅうそん》の〈秋刀魚食ふ月夜の柚子《ゆず》を捥《も》いできて〉ちゅう句の〈秋刀魚〉の部分を〈サンマ〉とカタカナにしてみよか」

ひぐらし先生は、ノートに楸邨の句を書きました。

そして〈サンマ食ふ月夜の柚子を捥いできて〉と上五の〈秋刀魚〉を書き直して、もずく君に示しました。

「軽いという意味がよくわかりました。作品全体の雰囲気《ふんいき》がカタカナによって崩れてしまいますね」

「そういうことやな。ふつうの文章である散文では、よく〈サンマ〉とカタカナで書くけど、俳句では漢字、もしくは時によってひらがなにしたい。植物でいうと、たとえば秋の季語の〈葡萄《ぶどう》〉もそうや。俳句のなかで〈ブドウ〉とカタカナにすると、やっぱり軽い。そやから、この〈シメジ〉も〈占地〉とするか、〈しめぢ〉と表記したいところやな」

「くだらない質問かもしれませんが、〈チューリップ〉とかは、カタカナのままでいいのでしょうか?」

「〈チューリップ〉はやっぱりカタカナやなあ。ひらがなにするのもおかしいし、漢字にすると〈鬱金香〉。ちょっと堅苦しい。そういうカタカナのままでええちゅう季語もあるさかい、そこは歳時記を参考にしながら表記をきちんと確認していくことが大事かもしれん」

それから、ひぐらし先生はおもむろに松茸の句全体に赤線を入れました。

「先生……それはいったいどういう……」

「今まで触れてきたように、切字、季重なり、表記、とこの句には考え直したいところがあったんやけど、実は詠んでいる内容そのものに問題があるんや。もずく君、この句の下敷きになってる言葉があるやろ?」

「はい。〈におい松茸、味しめじ〉を元にしてこの句を作りました。やっぱりそういう俳句の作り方は駄目《だめ》なんでしょうか?」

「問題は、そこにもずく君自身の発想や感覚があるか? そこに君自身の詩があるか? ちゅうことや」

もずく君は、ハッとして先生を見返してから、うつむきました。氷がすっかり溶けてしまった焼酎《しょうちゅう》を手に持って、一口舐《な》めると、小さくため息を漏らしました。

「まあ、もずく君、そないに落ち込まんでもええがな。これもよく初心者がやってしまうことやねん。俳句で一般論や常識を詠んでしまうパターンやな。〈におい松茸、味しめじ〉は、松茸は匂いはええけど、味はしめじの方がええでちゅう俗に言われること。それを俳句で言い直したところで詩にはならんのや。たとえば、こんな句も同じじゃ。〈雷鳴やへそを隠せと祖母が言ふ〉。これも雷がなったらへそを隠せとか取られるとか言われてることをそのまま詠んだだけや。へそを隠すときに前かがみになるさかい、高いところに落ちる雷から逃れられるちゅうそういう俗信やら、他にもその由来がいくつかあるようやけど、これもいくら句のなかでアレンジしたところで詩は生まれへん。もずく君だけやない、誰しも俳句を作りはじめたら通る道くらいに思っておいたらええ」

ひぐらし先生は、もずく君の肩をぽんぽんと叩いて、もずく君の作ってくれた鮎《あゆ》の甘露《かんろ》煮《に》を食べました。

「うまい。やっぱり、もずく君は料理の天才やな。これだけ美味《おい》しいものを作れる感性があるんやさかい、俳句もそのうち上達するで。雑誌への投稿はめげずに続けることや。わたしも初心の頃はよう落選したもんや」

「え？　先生でも落選されたんですか？」

「そうや。それも何回もや。そやさかい、もずく君、ちっとも落ち込むことないで。日々努力しながら続けることが大事なんや。やめたらそれでしまいやさかいな」

もずく君は先生の温かい言葉に胸が熱くなりました。

「先生、続けます！　よし、絶対入選してやるぞ！」


【ひぐらしメモ】

●切字《きれじ》／一句の途中で、または末尾で強く言い切る言葉。三大切字は「や」「かな」「けり」。

8　もずく君、作らない句会を体験す①

先日ひぐらし先生から「次は句会をするからそのつもりで。ああ、でも句は作ってこんでもええさかい」と言われて、今日、もずく君はどきどきしながら大きな柿をたずさえて先生宅を訪ねました。

「おっ！　立派な富有柿《ふゆうがき》やなあ。ほな、もずく君、これをいただきながら句会しょか」

もずく君は台所で手際よく柿を剥《む》き終えると、お茶と一緒にいつもの縁側に持って行きました。

「あの向こうの山も紅葉《もみじ》真っ盛りやな。いや、もう紅葉且《か》つ散る時分かもしれん」

ひぐらし先生の家は丘の上にあります。先生は縁側にあぐらをかいて、遠くの山々を指差しました。

「先生、〈紅葉且つ散る〉というのは？」

「晩秋の季語《きご》や。紅葉しながら一方では散ってる光景やな。秋から冬へと移りゆく季節を繊細に捉《とら》えた美しくも哀れな季語といえるやろう。いまあの向こうの山に入っていったら、〈足音に応《こた》へ且つ散る紅葉あり　今井《いまい》つる女《じょ》〉ちゅう感じやろな」

「足音と響き合うように紅葉が散るんですね。さあ、先生、柿を召し上がってください。いい熟柿《じゅくし》ですよ」

「ありがとう。ああ、この甘味。正岡子規《まさおかしき》が好物やったわけがようわかるわ。たまらんなあ」

ひぐらし先生は柿をしばらく玩味《がんみ》したあと、

「さて、今日は句会をするで。作らない句会や」

「作らない句会？」

「ふつうの句会は自作の句を持っていくもんやけど、今日は先人の作品を八句並べたものから、選句《せんく》してもらうさかい。自分が作らんでええよって気楽やろ？」

「そうですね。今日は句会と聞いていたので緊張してきたのですが、それなら大丈夫そうです！」

「その点は気楽やけど、一句一句真剣に鑑賞して句を選んでや。三句選、そのうち一句を特選にしよか。一番ええと思った句を特選に。はい、これが選句用紙」

①　子にみやげなき秋の夜の肩ぐるま
②　短日《たんじつ》の胸厚き山四方《よも》に充《み》つ
③　大根を水くしやくしやにして洗ふ
④　おい癌《がん》め酌《く》みかはさうぜ秋の酒

⑤　熱燗《あつかん》やいつも無口の一人客

⑥　ペーパーナイフ静かに使ふ三島《みしま》の忌

⑦　ゆうべの台風どこに居たちょうちょ

⑧　朴《ほお》の葉の天うらがへしつつ落つる

「①から⑧まで、わたしが選んだ先人の秋と冬の俳句や。名前はあえて伏せてある。あとで作者は明かすさかい、お楽しみに。選句の制限時間は十分。はじめ！」

もずく君は『俳句歳時記』を片手に、真剣な目を選句用紙に落としました。やがて制限時間がきて、

「やめ！」と、先生の声が響きました。

「どうや、選句は？」

「はい、なかなか頭を使いますね。でも、一句ずつ自分なりに読み解きながら、どれを選ぼうか迷うのは楽しいです。初めて選句をしました」

「ほな、次は披講《ひこう》に移るで。披講とは選んだ句を読み上げることや。大きな句会で何十人も参加する場合は、披講する人を立ててまとめて読み上げたりもするけど、今日は二人の句会やさかい、もずく君本人に読み上げてもらう。最初に〈山吹《やまぶき》もずく選〉と言うてから、番号と一緒に選んだ句を読み上げる。最後に特選を読んだあと、〈以上、山吹もずく

選でした〉と名前で締めくくる」

「はい。では、披講します。山吹もずく選、①番〈子にみやげなき秋の夜の肩ぐるま〉、⑤番〈熱燗やいつも無口の一人客〉、特選④番〈おい癌め酌みかはさうぜ秋の酒〉、以上、山吹もずく選でした」

「なかなか朗々《ろうろう》とした声でよろしい。披講の仕方でずいぶん句の印象も変わるさかいな。披講の声も大事や。次は選評《せんぴょう》や。なんで、その句を選んだかちゅう理由を述べてもらう。どこに惹《ひ》かれて、どのように鑑賞したかを自由に述べてみよか」

「はい。まず①番の〈子にみやげなき秋の夜の肩ぐるま〉を選んだ理由ですが、父と子の微笑《ほほえ》ましい姿が見えてきました。子どもに何かみやげでも買って帰りたいけれど、持ち合わせがなかったのか、手ぶらで父が帰宅した。その代わりに、子どもを抱き上げて肩車をしてあげた。それが秋の夜だから、またしみじみとした情景が浮かんできたように思います」

「うん、ええ鑑賞やな。たしかに〈秋の夜〉の季語が効《き》いてる。秋の夜の代わりにいっぺん、春の夜、夏の夜、冬の夜をこの句に入れてみたらようわかるやろ。言葉としてはどれでも入るけど、やっぱり秋の夜の静寂《せいじゃく》がこの句には似合う。肩車ちゅう親子の触れ合いを、秋の夜が静かに包み込む感じやなあ。作者は明治四十四年生まれの能村登四郎《のむらとしろう》や。この句は戦後間もない昭和二十年代に作られたもので、まだまだ日本全体が貧しかったし、作者も稼ぎの少ない教職に就いてたんや。そやから、物もないし金銭的にも容易にみやげを買えんかったんやなあ。それでその代わりに肩車をしてあげたんやろう。父の思いやりと子の明るくはしゃぐ様子がなんとも胸を打つ。思わず、ええ親子やなあとつぶやきたくなるな」

「なるほど。この句の時代背景を先生に教えていただいて、さらに親子の光景が切なく浮かんできました。では、次に⑤番の〈熱燗やいつも無口の一人客〉という句ですが、自分も一度こんなかっこいい客になってみたいものだなあと。だいたい会社の同僚か上司と居酒屋に行くことが多いので、何かしらしゃべりながら飲んでいる。この句のように、黙って手酌《てじゃく》しながら、粋《いき》な一品料理をつまんで小料理屋のカウンターで飲んでみたいと思いました。〈熱燗〉が冬の季語なんですね」

「そうや。酒もいろいろ季語になっていて、〈冷酒〉ちゅうたら夏の季語になる。もずく君が言うたように、この客、なかなか粋な客やな。〈いつも無口〉ちゅうのは、わたしにもできんわ。お店の主人をつかまえて、たわいもない話でもしとうなってくるさかいな。この句の作者は明治三十九年生まれの鈴木真砂女《すずきまさじょ》や。もういまはなくなってしもたけど、銀座に「卯波《うなみ》」ちゅう小料理屋を開いて女将《おかみ》さんやったんや。そやからこの句は、女将目線なんやな。常連客の多い「卯波」で熱燗を好む無口な人がおったんやろ。そんな客に対して、女将である作者は、そっと見守るように接してたんやろうなあ。この句は上五《かみご》に切字《きれじ》〈や〉を置いて、下五《しもご》で〈一人客〉と名詞で止めてる。これは、俳句の型としてスタンダードであり鉄壁といっていい。芭蕉《ばしょう》の有名な句にもこの型の句がけっこうある。〈夏草や兵《つわもの》どもが夢の跡〉、〈古池や蛙《かわず》飛びこむ水の音〉、〈荒海や佐渡《さど》に横たふ天の川〉なんかそうや。上五に〈夏草や〉と季語を置くときもあるし、〈古池や〉〈荒海や〉と場所を置いてる場合もある。もずく君も、この型でいっぺん作ってみてもええかもしれんな。型から俳句を作ってみるのも修練になるさかい」

「わかりました。やってみます！」

「ほな、特選の評を聞かせてくれるかな」

9 もずく君、作らない句会を体験す②

ひぐらし先生があらかじめ先人の作品を八句並べたものから選句《せんく》して披講《ひこう》、選評《せんぴょう》をする「作らない句会」をもずく君は緊張しながらも楽しんでいました。

左記の選句用紙から三句選、そのうち一句を特選に選んだのですが、いよいよ特選の選評をするところです。

①　子にみやげなき秋の夜の肩ぐるま
②　短日《たんじつ》の胸厚き山四方《よも》に充《み》つ
③　大根を水くしやくしやにして洗ふ
④　おい癌《がん》め酌《く》みかはさうぜ秋の酒
⑤　熱燗《あつかん》やいつも無口の一人客
⑥　ペーパーナイフ静かに使ふ三島《みしま》の忌
⑦　ゆうべの台風どこに居たちょうちょ
⑧　朴《ほお》の葉の天うらがへしつつ落つる

ちなみに特選以外の句は、①と⑤をもずく君は選びました。

「では、特選に④番〈おい癌め酌みかはさうぜ秋の酒〉を選んだ理由ですが、この八句のなかで一番胸を打たれて、心に沁みてきました。まず上五《かみご》で〈おい癌め〉と病気に呼びかけています。その癌を相手に酒を酌み交わそうぜと言っているところがなんとも切なくて……。憎むべき癌と和解し、もう癌と闘うのをあきらめたような気持ちが伝わってきて胸が締めつけられました」

「諦観《ていかん》ちゅう言葉があるけど、そんなふうにも受け取れるなあ。この句には『敗北宣言』という前書があるんや。今まで癌と闘ってきたけど、もうお前には負けたわちゅう気持ちやろうな。この句は辞世の句で、作者は江國滋《えくにしげる》。癌の治療のために入院して五四五句詠《よ》んだそうや。〈秋の酒〉ちゅうのも悲しいなあ。甘口やのうて、きりっとした辛口の酒が胃の腑《ふ》に沁みていくんやろう。まるで親友みたいに癌へ語り掛ける調子で詠まれた生死を見つめた一句やなあ。ほな、もずく君、君が選ばへんかった句にも触れていこか。②番の〈短日の胸厚き山四方に充つ〉の作者は飯田龍太《いいだりゅうた》。山梨県の山の中で生まれ育った人や。〈胸厚き山〉は擬人法《ぎじんほう》やけど、大きな逞《たくま》しい山々が見えてくる。〈四方に充つ〉はどこか人間を圧迫するような感じがあるな。季語《きご》は〈短日〉で冬。冬の日は短いさかい、それを端的に表した季語やな」

「なるほど。甲州の深い山が迫ってくる感じですね」

「次は、③番の〈大根を水くしやくにして洗ふ〉やけど、もずく君は、この句どう解釈するかな？」

「そうですね。この句、選ぼうかどうか最後まで悩んだんです。〈水くしやくにして〉という表現が言えそうでなかなか言えないんじゃないかと」

「そう、そこがやっぱり眼目《がんもく》やな。〈水ばしやくとして〉やったら、この句は台無しになる。まるで紙かなんかにしわを寄らすようにくしゃくしゃというオノマトペを活かして表現したところが上手《うま》い」

「オノマトペ？」

「オノマトペはフランス語で、擬声語《ぎせいご》や擬態語《ぎたいご》ちゅう意味や。この句のくしゃくしゃは、擬態語やな。聴覚以外の感覚を音のように表現してるんや。水が形を変えて飛沫《しぶき》になったり流れになったりしている様子を〈水くしやくにして〉と捉《とら》えたんや。〈水くしやくにして〉ちゅうことで、水に不思議《ふしぎ》な質感が生まれる。作者は高浜虚子《たかはまきょし》。季語《きご》は〈大根洗ふ〉で冬。〈大根〉だけでも冬の季語になるので覚えておくように。では、⑥番の〈ペーパーナイフ静かに使ふ三島の忌〉やけど」

「〈三島の忌〉というのは作家の三島由紀夫《みしまゆきお》の忌日のことなんですよね？　僕《ぼく》はあまり三島の作品を読んだことがなくてどう解釈していいのかわからなかったんです」

「三島由紀夫は、一九七〇年十一月二十五日に亡くなったんや。そやから、〈三島忌〉は冬の季語になってる。〈憂国忌《ゆうこくき》〉ともいうな。作者は、雨宮《あめみや》きぬよ。こんなふうに文人の忌日も俳句では季語になってるんや。この句をどう読み解くかやけど、これは三島の死に様を重ね合わせてるんやろう。三島は自衛隊の市ヶ谷駐屯地《いちがやちゅうとんち》に仲間を連れて突入して、自衛隊決起の演説をしてから割腹自殺したんや。これは当時、人気作家であり文豪であった三島の自決ということで大事件になった。その割腹自殺に使った刃物が〈ペーパーナイフ〉に掛かってるんやろ。〈ペーパーナイフ静かに使ふ〉は、割腹の場面と対照的に描かれてる。静と激しい動の対比やな。すると、このペーパーナイフがなんや知らん、死のイメージを孕《はら》んだ不気味なもののように思えてくる」

もずく君は神妙な顔つきで頷《うなず》くと、「三島由紀夫の小説、きちんと読んでみます」と呟《つぶや》きました。

「それはええ心構えや。小説を読むちゅうのも、句作りの糧《かて》になるさかいに。ほな次、⑦番〈ゆうべの台風どこに居たちょうちょ〉を見てみよか。この句から、どんな光景が浮かんできたかな?」

「なんだか句のリズムが五七五でないのかな? と思いました。数えてみると、十六音しかないし、そして秋の季語〈台風〉と春の季語〈ちょうちょ〉の二つが混ざっていて季《き》重《がさ》なりだから選ばなかったんですが」

「その通りやな。この句は字足《じた》らずの破調《はちょう》になってる。十七音に一音足らんのや。さらに季重なりや。そやけど、不思議と味わいのある句やと思うで。ゆうべに台風が来たちゅうことは、季節は秋や。そやから、この句のメインの季語は〈台風〉となる。ということは〈ちょうちょ〉は秋の蝶《ちょう》やな。〈蝶々〉は春の季語やけど、〈夏の蝶〉〈秋の蝶〉〈冬の蝶〉と四季それぞれに季語になってる。季節によって、蝶々の趣《おもむき》が違うんやけど、この句の〈秋の蝶〉は、春や夏に比べると、ちょっと弱々しい感じやな。そんな〈秋の蝶〉にも台風が襲ってきた。はて、ゆうべの台風は凄かったけど、いったいどこで何をしてたんだい？ 蝶々よ、と呼びかけるような作者の優しさが滲《にじ》んでいる句やないかなあ。作者は、渥美清《あつみきよし》」

「え？ あの寅さんの？」

「そうや。映画『男はつらいよ』の主人公・車寅次郎《くるまとらじろう》を演じた俳優・渥美清や。渥美清は俳句が好きで句会もよう行っていたらしい。五七五の有季定型《ゆうきていけい》の句も作るし、この句みたいな自由律《じゆうりつ》のような句も残してる。寅さんも自由な旅がらすやったけど、渥美清の俳句も自由で少し寂しい感じがあるかもなあ。ちなみに俳号《はいごう》は、風天《ふうてん》や」

「〈フーテンの寅〉と掛けてるんですね。かっこいいな」

「さて、最後に⑧番の〈朴の葉の天うらがへしつつ落つる〉やけど、この句は冬で、季語〈朴落葉〉を朴の葉が落ちるちゅう表現にしてるんや」

「〈天うらがへしつつ落つる〉というところですが、ふつう裏返っているのは落葉のほうですよね？」

「そこを反転させて、この句は詠んでるんやな。ほんまは朴の葉がひらりと裏返ってるんやけど、そこを天をうらがえしながらと反転させた。そうすることで、葉の落ちる動きとともに青空も強調されて見えてくるんや」

「そんな表現方法もあるんですね。勉強になりました。それでこの句の作者は？」

「わたしや」

「えっ！　先生の句だったんですか！　参りました！」


【ひぐらしメモ】

●オノマトペ／オノマトペはフランス語で、擬声語《ぎせいご》や擬態語《ぎたいご》という意味。
●有季定型《ゆうきていけい》／季語《きご》を用い、五音、七音、五音の十七音できっちりと作られた句。
●自由律《じゆうりつ》／季語にとらわれず、感情のおもむくまま自由なスタイルで表現する俳句。

10　もずく君、切れを考える

「先生、明けましておめでとうございます！」

一月三日のお昼頃、故郷である愛知の知多《ちた》半島から帰ってきたスーツ姿のもずく君は、何やら風呂敷《ふろしき》包みを携えて、ひぐらし先生の玄関で年始の挨拶《あいさつ》をしました。

「明けましておめでとう！　正月早々すまんが、お茶淹《い》れて二階に上がってきてくれるとありがたいんやが」

二階の書斎から先生の声がしたので、もずく君は勝手知ったる台所で湯を沸かし、お茶の準備をしました。

「お邪魔《じゃま》します。先生、お正月から原稿書きですか？」

もずく君は、書斎にそっと入っていきました。

「そうや。そこに座っててちょっと待っててくれるかな」

もずく君はお茶を差し上げると、先生の邪魔にならぬよう静かに正座しました。書斎には初めて入りました。本棚にはびっしり書籍が並べられており、その数に圧倒されながら、もずく君は棚にある写真立てに目を留めました。若い頃の先生が恥ずかしそうに笑っていて、隣《となり》に美しい黒髪の女性が微笑《ほほえ》んで写っています。

「ふう、やっと片づいたわ。やれやれ……。ああ、その写真な。それは、死んだ妻や。二十七歳やった。なかなかのべっぴんさんやろ？　進行の早いガンやったんや」

ひぐらし先生は茶碗《ちゃわん》を手に、遠くの煌《きら》めく光景に視線を注ぐように、眩《まぶ》しそうに写真を見つめました。

「すみません。お二人がすごくいい笑顔だったので、つい見入ってしまいました。実は、僕《ぼく》も中学生のとき、母をガンで亡くしました。家事が駄目《だめ》な父と小さな妹もいましたし、その頃からです、僕が料理をはじめたのは」

「そうか。それでもずく君は、そんなに料理がうまいんやな。妻も料理が上手でなあ……。いや、すまん。正月から辛気臭い話してしもた。さて、原稿も書き上げたさかい、飲もう！　その風呂敷、期待してるで」

ひぐらし先生はにやりと笑って風呂敷包みを指差すと、
もずく君も笑みを返し、階下の部屋に移りました。

二人は酒宴の整った炬燵《こたつ》に入ると、もずく君がやおら風呂敷包みを解きました。

「やっぱり期待通りやったな。立派な喰積《くいつみ》やないか」

「クイツミ？」

「縁起のええ食べ物を積み上げた意味や。重詰めのお節《せち》料理のことで新年の季語《きご》になってる。正月からロクなもん食べてなかったさかい、ありがたいわ。まずは乾杯」

二人は改めて新年の挨拶を交わし盃《さかずき》を干しました。

「高野素十《たかのすじゅう》の〈年酒酌《ねんしゅく》むふるさと遠き二人かな〉ちゅう句があるけど、そんな感じやな。もずく君は知多半島、わたしは紀伊《きい》半島やからなあ。わたしは父も母ももうおらんさかい、故郷に帰ることもめったになくなったわ」

「いい句ですね。切字《きれじ》の〈かな〉が、故郷から遠く離れた〈二人〉をしみじみと詠嘆《えいたん》していますね」

「もずく君もこの〈かな〉の響きを読み取って感じ入るようになったか。もう一句、中《なか》村苑子《むらそのこ》の〈年酒酌み生国《しょうごく》遠き漢《おとこ》たち〉ちゅう似たような俳句があるんや。この句、切字はないけどちゃんと切れがある。わかるかな？」

「切字はないけど、切れがある……。僕は切字が使われていないと、句に切れは発生しないと思っていたので難題です……。先生、どういうことか教えてください」

「三大切字ともいうべき〈や〉〈かな〉〈けり〉が一句のなかに入っていると、切れがあることは明白やな。でも、それらが使われていない句でも切れは発生するもんなんや。〈年酒酌み生国遠き漢たち〉でいうと、〈年酒酌み〉で一拍置くように軽い切れが入って、〈漢たち〉の名詞止めできちんと切れる。黙読するだけやなしに、もずく君、いっぺん読み上げてみ。そしたら、ようわかるよって」

読み上げたもずく君は、「あっ」と言って頷《うなず》きました。

「たしかに、読み上げると切れの間がよくわかります」

「そやろ。ほな、この二句はどうや。〈食積《くいつみ》や今年なすべきこと多く〉、〈食積のほかにいさゝか鍋の物〉。一句目は轡田進《くつわだすすむ》、二句目は高浜虚子《たかはまきょし》の句や」

「〈食積や今年なすべきこと多く〉は、上五《かみご》の切字〈や〉のところで明確に切れますね。やはり、切字の力が強いです。食積を前にして、今年はやるべきことがたくさんあるなあと新年の志を見据える気持ちが出ていると思いました。〈食積のほかにいさゝか鍋の物〉は、上五の〈の〉の部分で一拍、軽い切れが入るのかな。そして〈鍋の物〉の名詞で切れていますよね。お節料理のほかに、鍋物も少しあって。ちょっと温かいものも食べたいですからね。お正月の華やいだ食卓が見えてきました」

「よろしい。さすが我が弟子や。飲み込みが早い」

ひぐらし先生は満足そうに頷いて、もずく君特製の喰積から数の子をつまんで、コリコリと食べました。

「うまいなあ。塩抜きの加減といい、昆布《こんぶ》、鰹節《かつおぶし》、醬油《しょうゆ》が効《き》いた出汁の絶妙な味付けやな。数の子も新年の季語やけど、次の二句はどうや。〈数の子にいとけなき歯を鳴らしけり〉、〈歯ごたへも亦《また》数の子の味とこそ〉。一句目は田村木国《たむらもっこく》、二句目は稲畑汀子《いなはたていこ》の句や。二句目はちょっと難しいかもしれんな」

もずく君は、先生の盃に酒を注いでから考えました。

「〈数の子にいとけなき歯を鳴らしけり〉は、下五《しもご》の〈けり〉できっぱり切れるのがよくわかります。〈数の子に〉の〈に〉のところでも軽く切れが入る感じですね。二句目の〈歯ごたへも亦数の子の味とこそ〉は……」

もずく君は二度三度、この一句を読み上げました。

「読み上げた調子から考えると、〈歯ごたへも〉の〈も〉の部分で一拍、軽い切れが入り、〈亦数の子の〉でも微《かす》かに半拍くらい置くような調べになっていると思います。そうして、〈味とこそ〉と柔らかく味覚につながっていくんですね。数の子の一粒一粒の歯ごたえをゆっくりと楽しんでいるような、この句の余裕のあるリズムそのものにも味わいを感じます」

「ほんまやな。句のリズムからも歯ごたえを感じるな」

「それで、下五で〈とこそ〉で明確に切れています。でも、〈とこそ〉ってちょっと僕には難しいです」

「助詞の〈こそ〉は〈と〉で受けた内容を強調してるんや。つまり〈数の子の味〉を強める働きをしてる。今、わたしも数の子を食べてみて、この句の趣《おもむき》がようわかったわ。ほんまにこのコリコリいう歯ごたえも味やなあ」

「あ、先生。雨音が……。降ってきたみたいですね」

「御降《おさが》りやな」

「オサガリ、ですか？　いや、このスーツは自前で」

「ちゃうがな。わたしが言うてるのは、正月三が日の雨や雪のことや。〈ふる〉ちゅう言葉は、涙を連想させたり〈古〉にもつながるさかい、正月の忌《い》み言葉とされる。それで〈御降り〉と言い換えたんや。新年の季語やな」

「失礼しました！　今年の初ボケでしたね」

「高野素十に〈お降りといへる言葉も美しく〉ちゅう句があるけど、〈お降りと〉の部分で一拍、軽い切れが入り、〈美しく〉の形容詞の連用形で柔らかく切れる。この一句がお降りの雫《しずく》のようやな。こうやって見ていくと、切字がなくても切れがあるちゅう意味がわかったやろ。切れを意識するちゅうことはそのまま一句の調べの良さにつながるさかい、もずく君も意識するように」

11　もずく君、数字の入った句を学ぶ

　夜九時過ぎ、ひぐらし先生宅の玄関の呼び鈴《りん》が鳴って、こんな時間に誰だろうと先生が戸を開けると、ネクタイを締めたもずく君が営業鞄《かばん》を提《さ》げて佇《たたず》んでいました。

「ひぐらし先生、夜分にすみません。ちょっとだけお邪魔《じゃま》してよろしいでしょうか？」

「こんな時間に珍しいなあ。えらい疲れた顔してるで。まあ、入ってんか」

　ひぐらし先生に促《うなが》されると、もずく君は恐縮して、重そうな営業鞄を引きずるように居間に通されました。

「いやあ、先生、俗に二八《にっぱち》と言いますけど、二月に入って本が売れなくて……。朝から書店を二十店舗ほど廻《まわ》って、再度新刊を売り込んできました」

「そうか、もずく君の仕事はペットの実用書専門の出版営業やったなあ。ご苦労さん。ほな、一杯やろか？」

「いいですね。きょう営業先の店長さんに猪肉《ししにく》をいただいたのでご一緒に牡丹《ぼたん》鍋でもいかがかと。その店長さん、狩猟が趣味で時々おすそ分けしてくれるんですよ」

「ほお！　牡丹鍋とは豪勢な。夕飯まだやったさかい、ありがたい。でも、お疲れのと

ころ悪いなあ」

「いえ、鍋なんてすぐ用意できますよ。そのつもりで野菜も豆腐も買ってきましたから。少々お待ちください」

やがて、三十分もすると、ぐつぐつ煮える味噌《みそ》仕立てのもずく君特製の牡丹鍋が食卓の上に置かれました。

「これはうまそうや！　お、大根も入っとるがな。〈大根が一番うまし牡丹鍋　右城暮石《うしろぼせき》〉ちゅう句を思い出すなあ。まさに薬喰《くすりぐい》。もずく君、これで元気になるで」

「たしかにいろんなうま味を吸収した大根が一番美味《おい》しいかもしれませんね。視点の面白い句だなあ。ところで先生、そのクスリグイっていうのは何ですか？」

「猪肉や鹿肉《しかにく》、いわゆるジビエやな。それらを滋養つけるために食べることや。仏教の普及した時代、肉食は禁止やったさかい、薬や言うて秘密に獣肉を食べたんや。牡丹鍋も紅葉鍋《もみじ》も薬喰も冬の季語《きご》になってる。今の疲れたもずく君にはぴったりの精力のつく鍋料理やな」

二人はいつもの焼酎《しょうちゅう》で乾杯すると、しばし牡丹鍋に舌鼓《したつづみ》を打ちました。

「生き返りましたよ！　先生、この猪肉は絶品ですね。でも味の染みた大根がその句の通り一番美味しいかも」

「そやな。メインの猪肉やのうて、本来脇役である大根を〈一番うまし〉と断定したところが諧謔《かいぎゃく》になってるんや。〈一番〉の数字が効果的や。この句のように数字を入れて成功した俳句はけっこうあるもんなんや」

「たとえば、他にどんな句があるんでしょうか？」

「ほな、〈数詞〉の用いられた句をいろいろ挙げて観《み》ていこか。数詞とは数量を量ったり、順序を数えたりするのに用いる語のことやな。たとえば、阿波野青畝《あわのせいほ》の〈風花の大きく白く一つ来る〉ちゅう句があるけどどうかな？」

「あ！〈風花〉は歳時記で覚えたばかりの好きな季語です。冬の青空に舞う花のような儚《はかな》い雪のことですね。僕《ぼく》も実際見たことがありますが、この句のような風景よくわかります。〈大きく白く一つ来る〉がすごく映像的ですね。〈一つ〉に焦点を絞ったことで情景が浮かびます」

「この句は〈一つ〉ちゅう数詞がよう効《き》いてるな。これが〈二つ〉や〈三つ〉やったらどうや？」

「焦点がぼやけますね。やっぱり〈一つ〉ですね」

「句のなかで〈一つ〉ちゅう数詞は必然性があるな。句に数詞を用いるときは、その数字やっちゅう必然性が求められるんや。もし、数詞が揺らいで動くようやったら、その句の完成度も低いちゅうことになる」

「どの数詞が的確か、しっかり吟味が必要なんですね。それほど、俳句に数字を詠《よ》み込むことは大事だと」

「その通り。まだまだ例を挙げようか。大木《おおき》あまりの〈後の世に逢《あ》はば二本の氷柱《つらら》かな〉はどう解釈する？」

「これって、生まれ変わったらってことですか？」

「そうやろな」

「そうすると、とても幻想的な句ですね。愛し合う二人が亡くなってからも輪廻転生《りんねてんしょう》して逢う場面だと思うのですが、そのときはお互い氷柱になっていた。〈二本の氷柱〉だからそばにはいるけど、一緒にはなれない。そう考えると現世でも好き同士だったけど、一緒にはなれなかったのかな。いろいろな物語が想像できますね」

「この句の〈二本〉ちゅう数詞は、好き同士だった男女を思わせるさかい、やっぱり必然性があるな。次の句はどうかな？　千田一路《せんだいちろ》の〈寄せ鍋の一人が抜けて賑《にぎ》はへり〉。なかなかおもろい一句やろ？」

「ああ、わかりますね。〈一人〉が数詞ですね。〈一人〉はこの集まりのなかでも嫌われ者なのかな？　それとも部長とか上司かもしれませんね。とにかくこの〈一人〉が寄せ鍋の席にいることで、どこか緊張したり気を許し合えないのでしょうね。ところがこの〈一人〉が抜けたとたん、急に寄せ鍋を囲む場の空気がほぐれて一変したんですね。わかるなあ、とてもリアリティがありますね。この句も、もし〈二人〉とか〈四人〉だったら、このリアリティは生まれないですね」

もずく君は納得といった感じで頷《うなず》き、焼酎をぐいと飲み干しました。

「よしよし、数詞の必然性がだんだんわかってきたみたいやな」

ひぐらし先生も焼酎に口をつけ、それから猪肉を美味しそうに頰張《ほお》りました。

「ほんま臭みのない上等な猪肉やなあ。今度はこんな句はどうや？　坊城俊樹《ぼうじょうとしき》の〈冬灯《ふゆともし》二つ一つと消えて山〉」

「数詞が一句のなかに二回使われていますね。そんな句もあるんですね」

「そう、〈二つ〉〈一つ〉と数詞が二語使われてるな。どこか山国の風景やろう。冬の灯りが点《つ》いていてだんだんと消えていく。そのだんだんとが〈二つ一つと〉なんや。やがて、黒々とした山だけが闇夜《やみよ》に残されるんやな。この句は数詞を使って時間経過まで表現されてるんや」

「すごい。数詞で時間経過まで詠めるんですね！」

「清水基吉《しみずもとよし》の〈水鳥の二羽寝て一羽遊びをり〉は、冬灯の句と同じく〈二〉と〈一〉の数字を使ってるけど、この句は時間経過やなくて、水鳥のいる情景を描写してるんや。〈二羽寝て一羽遊びをり〉ちゅう光景には、やはり確かな写生の眼、実感がある。淋しさもある風景やな」

「数詞の使い方次第で、多様な表現が可能なんですね」

「そうや。数詞をうまいこと使えるようになると、表現の幅が広がるちゅうことや。それからこんな句もあるで。さっきも出てきた青畝の句やけど、〈牡丹百二百三百門一つ〉、森澄雄《もりすみお》の〈ぼうたんの百のゆるるは湯のやうに〉。どちらも大きな数字が見事に表現に活かされてるやろ?」

「はい、こんな大きな数字も句に使えるんですね!」

「その句にぴったりの数を探し出すことが大事なんや」

「なるほど! 牡丹鍋を食べながら先生の講義を拝聴できるなんて贅沢《ぜいたく》でした。〈牡丹鍋一枚の肉残りをり〉」

「早速数詞の句か。ほな、最後の一枚いただき!」

12　もずく君、写生について考える

のどやかな日曜日、ひぐらし先生が玄関先を箒《ほうき》で掃《は》いていると、例のごとくもずく君が足取り軽くやって来て挨拶《あいさつ》すると、手に持っていたものを差し出しました。

「先生、こんな懐かしい花に出会いましたよ」

「おう、レンゲやないか。〈どの道も家路とおもふげんげかな　田中裕明《たなかひろあき》〉。げんげは、レンゲのことや。げんげんともいうなあ。しかし、レンゲちゅうのはどことのう郷愁をおぼえる花やな。どこに咲いとったんや？」

「遠回りして来たんですけど、レンゲ畑を見つけまして。きょうは先生にお花のプレントです」

「おおきに」

「あれ？　先生、あんまり嬉《うれ》しそうでないですね」

「いや、そんなことないで。それよりちょうど昼飯前やなあ思てなあ。なんやしらん、お腹すいたなあ……」

もずく君は先生の何か物欲しそうな表情に気づいてにやにやしながら、手品のようにレ

ンゲを持っている手をくるりと反転させると、先生のほうに向けました。

「お！　わらびか！」

ひぐらし先生は不意に満面の笑みをたたえました。

「レンゲ畑のそばの藪《やぶ》で見つけたんですよ。レンゲは表のプレゼント、わらびは裏のプレゼントです。それにしても先生の顔つきが急に変わりましたね」

「もずく君、花より団子ちゅう言葉知っとるやろ？」

「失礼ですが、俳人とは思えないお言葉ですね」

「ほんま、失礼なやっちゃで。で、その肩の箱は？」

「これは瀬戸内海の鰆《さわら》です。新鮮だから三枚におろして刺身にしましょう。炙《あぶ》り刺身も美味《おい》しいでしょうね」

先生は「おおきに！」とレンゲのときよりも一オクターブ高い声を出して、もずく君を家に招き入れました。

日の当たる縁側にちゃぶ台を持ち出して、もずく君特製のわらびご飯、わらびの味噌《みそ》汁、わらびの煮物、鰆の刺身に二人は舌鼓《したつづみ》を打ったあと、お茶を飲んでいました。

「あ！　見たか、もずく君！　いま、赤椿と白椿が同時に落ちたやろ？　これを見とうて庭に植えてたんや」

「はい？　僕《ぼく》は鰣とわらびの余韻《よいん》に浸ってました」

「アホ！　済んだ食事に浸ってるひまあったら眼前を見んかい。河東碧梧桐《かわひがしへきごとう》の写生の名句〈赤い椿白い椿と落ちにけり〉が、いま目の前で起こったんや」

「すみません。先生、シャセイって何でしょうか？」

「写生ちゅうのは元々絵画の描法なんやけど、正岡子規《まさおかしき》が洋画家の中村不折《なかむらふせつ》と出会って、スケッチを教わったんや。そのとき、俳句の技法としても、このスケッチ、すなわち写生やな、これを取り入れてみようと思たわけや。ものをしっかり見て、ありのままに描くように句を詠《よ》むことで、当時の古くさい俳句を一新しようとしたわけや。陳腐《ちんぷ》な弛《ゆる》んだ句を月並《つきなみ》俳句として批判し、打破しようとした。それが子規の俳句革新運動やったんや。碧梧桐の椿の句は、〈極めて印象の明瞭《めいりょう》なる句〉として、子規は写生句の結実とみて評価したんや」

「なるほど。ついさっき、先生のお庭でその〈赤い椿白い椿と落ちにけり〉が実際起こったんですね！」

「そういうことや。文芸評論家の山本健吉《やまもとけんきち》は〈地上の落椿でなく、落下の瞬間の、空中に引かれた紅白の二本の棒のごとき鮮やかな色彩として詠んだ、抽象絵画的なイメージである〉と評したけど、ほんまにすうと紅白の棒ちゅうか糸が二本引かれたみたいで綺麗《きれい》やったなあ」

「写生の句か……僕にも作れますかね、先生？」

「何でもチャレンジやな。ほな、他の椿の句も観《み》てみよか。〈古井戸のくらきに落《おつ》る椿哉《かな》〉〈椿落《おち》て昨日の雨をこぼしけり〉、この二句はどちらも蕪村《ぶそん》のものや。子規は芭蕉《ばしょう》に匹敵する俳人、いやそれ以上の俳人として蕪村をえらい評価したんや。いろいろ評価した点はあったけど、その一つは蕪村の句の絵画的なところ。この二句も印象明瞭、美しい一枚の絵のような詠み方やな。まさに写生の考え方に通ずる諷詠《ふうえい》といえるやろう」

「たしかに、『古井戸』の句は椿の木の高みから古井戸の底のほうへ向かって一本の線を引くように美しく落ちていく椿の様子が見えてきますね。『椿落て』の句は花に溜《た》まっていた昨日の雨が、落下することでその雫《しずく》がこぼれ落ちて凜《りん》と散るような繊細な光景が見えてきました」

「もずく君の鑑賞を聞いてると、改めて蕪村の句の美しさが際立ってくるようやな。それで、ちょっと碧梧桐の話に戻すけどな、碧梧桐は子規が亡くなったあと、定型どころか自由律のほうへどんどん変転していくんや。赤い椿の句は初期の定型句やけど、〈曳《ひ》かれる牛が辻でずつと見廻した秋空だ〉なんて句になり、しまいに近代詩に寄っていった。ルビ俳句ちゅう、子規が聞いたら怒り出すような作風になって、やがて俳壇を引退してしまう。一方、子規の弟子で碧梧桐と双璧《そうへき》やった高浜虚子《たかはまきょし》は『ホトトギス』を牙城《がじょう》にして季題を大事にした守旧派として俳壇に勢力を伸ばしていくんや。虚子は子規の写生論をさらに独自に深めるかたちで、〈客観写生〉〈花鳥諷詠《かちょうふうえい》〉ちゅうスローガンを掲げて写生論を推《お》し進めていく。〈客観写生〉を簡潔にいうと、花や鳥を一句に写し取ると、それがおのずと作者自身を描いていることになるちゅうことや。ただ花や鳥を写生するんやない、写し取った風景には自分の心が反映されてるちゅう考え方やな」

「先生、僕でも知ってる虚子の句があります。〈流れ行く大根の葉の早さかな〉。〈大根〉が冬の季語《きご》ですね。これも写生ですよね？」

「典型やな。この句を読んだ瞬間、読み手の目の前をも大根の葉っぱがひと息に流れ去っていくようや。虚子はこの句について〈その瞬間の心の状態を言えば、他に何物もなく、ただ水に流れて行く大根の葉の早さということのみがあったのである〉と述べてる。虚子の禅的な無心の境地が、この瞬間の風景に表れてるようや。もずく君、こんな虚子の句もあるで。〈桐一葉日当《きりひとはひあた》りながら落ちにけり〉。季語は〈桐一葉〉で秋の句や」

「大根の葉は水面を滑《すべ》りゆく感じで、スピード感がありますが、この句は大きな桐の葉がゆったりと光りながら落ちてくる感じですね。しかし、虚子は炯眼《けいがん》ですね。対象を見つめる眼力がすごいというか」

「でも、この句は目の前の景色を見てないんや」

「え？」

もずく君は、目を丸くして先生を見返しました。

「この句はな、句会の席題《せきだい》で作られたんや。席題ちゅうのはその場で出された題のことや。それで句を作る」

「ということは実際は景色を見ずに作ったということですね。しかし、まるで見て作ったようにリアルだ」

「虚子の頭に浮かんだ風景やけど、やはりどっかで見た桐一葉の情景が心のなかにあったかもしれん。それが桐一葉の題を出されたときにふっと浮かんできて書き留めたんやろ。虚子の心眼を感じる奥深い写生句やな。写生はとにかくよく見て、それを心で感じ取ることが大事や」

「先生、勉強になりました。よし、写生も挑戦しよう！」

と、そのとき、ひぐらし先生ともずく君は同時に、庭の椿の落ちていくのを見て、二人一緒に呟《つぶや》きました。

「赤い椿赤い椿と落ちにけり……」

2 章

入門 2 年目

1　もずく君、一物仕立てを学ぶ

ひぐらし先生の家の庭には、さまざまな草木が植わっていますが、一本の立派な染井吉野《そめいよしの》も今満開を迎えて咲き誇っています。

「〈さまざまの事おもひ出す桜かな〉か。芭蕉《ばしょう》はどんなこと思い出したんやろなあ。この桜が満開になると、わたしはどうしても死んだ妻のことが思い出されるんや。この桜は前に妻と住んでた家の庭にあったもので、二人でお花見したもんや。妻が死んでからこの丘の上の家に一人で引っ越してきたんやけど、どないしてもその桜を残していくのはさびしゅうてな。桜も移植することにして、ここに持ってきたんや。当初はちゃんと根付くか心配したけど、この通りや。今ではすっかり落ち着いて毎年咲いてくれる。きょうがほんま満開やろなあ」

もずく君は桜を見上げて、先生の話を聞きながら、やはり中学生のときに亡くした母の笑顔を思い浮かべていました。母とも実家の近所の公園で、咲き誇る桜を見上げたことがあったなあとしみじみ思い出しながら。

もずく君はふと何気なく、桜の幹に触れてみました。

「あ、冷たい。先生、桜の幹って冷たいんですね」

「こんなに満開で、桜はなんや熱を帯びてるようやけど、幹は冷たいんやなあ。そういえば、鈴木六林男《すずきむりお》の句に〈満開のふれてつめたき桜の木〉ちゅうのがあったな」

「へえ、僕《ぼく》の感じたことを句にしたら、まさにその句ですね。自分が触れて感じ取ったことも十七音の言葉にすると、たちまち詩になるんだなあ」

「その通りや。この句の場合、一物仕立《いちぶつじた》ての詩やな」

「イチブツジタテ?」

「一物仕立てとは、一句を一つの素材で詠《よ》んでるものをいうんや。〈満開のふれてつめたき桜の木〉の句やったら、桜のことしか詠んでないやろ?」

「なるほど。先生、他にも一物仕立ての句を教えてください!」

「よっしゃ。ほな、縁側に座りながら話そか。ちょっと花冷えになってきたさかい、熱燗《あつかん》でもつけてもらおかな」

「了解です。では、先生は七輪《しちりん》に火を熾《おこ》していただけますか。僕は燗をつけて、田楽《でんがく》でも作りますから。僕がきょう持ってきた干鰈《ほしがれい》もありますし」

「田楽も干鰈も春の季語《きご》やな。もずく君はよう旬《しゅん》ちゅうもんを心得とる」

「料理くらい俳句もわかってくるといいんですが」

やがて、温まった七輪に田楽がのり、いい塩梅《あんばい》に裂かれた干鰈が置かれて芳《こう》ばしい香りが漂ってきました。

二人は乾杯したあと、俳句の話に戻りました。

「一物仕立ての桜の句は、まだあるぞ。たとえば、高浜虚子《たかはまきょし》の〈咲き満ちてこぼるゝ花もなかりけり〉。俳句で〈花〉といえば桜のことで、春の季語になる」

「この目の前の桜のような満開の状態ですね。これも桜のことしか詠んでいないですね」

「〈こぼるゝ花もなかりけり〉に不思議《ふしぎ》な緊張感が漲《みなぎ》ってる句やなあ。野澤節子《のざわせつこ》の〈さきみちてさくらあをざめゐたるかな〉ちゅう句もある。上五《かみご》は虚子と詠んでることは同じやけど、中七《なかしち》・下五《しもご》が大きく違うな」

「そうですね。〈あをざめゐたる〉桜って、どんな感じなんだろう。なんだか霊気を放っているような」

「青は霊界に通ずる色でもあるさかい、その解釈なかなかおもろいな。しかも全部ひらがな表記の句やさかい、どこか女性的なしなやかさを感じさせる。この庭の桜もじっと見つめてると、だんだん青ざめてくるかもよ」

「先生、なんか怖いです……この句も桜そのものしか詠んでないですね」

「こんな句もあるな。山口誓子《やまぐちせいし》の〈さくら満ち一片をだに放下《ほうげ》せず〉。〈だに〉ちゅうのは〈すら〉という意味合いや。〈放下〉は禅の言葉でもあるんやけど、投げ捨てるとか捨て去るちゅう意味やさかい、この句も満開の桜を詠んでるな。花びら一つさえ、落とさずに満開を保ってるんや。この三句を並べてみると、おもろいやろ?」

「おもしろいですね。三句とも満開の桜を詠んでいる一物仕立ての句なのに、それぞれ言葉の選び方や表現の仕方が違うし、視点も違っていますね」

「満開の桜でも詠み方のバリエーションがあるもんなんや。あ、干鰈あぶり過ぎたがな。田楽ももうええやろ」

噛《か》めば噛むほど干鰈の薄塩の効いた甘みが口のなかに広がっては盃《さかずき》を干し、田楽の少し焦げた山椒《さんしょう》味噌《みそ》の滋味《じみ》を味わっては盃を干しして、二人はしばらく無言で庭の桜を見つめました。

「先生、干鰈で一物仕立ての句はありますか?」

「そうやなあ。安藤馬城生《あんどうまきお》の〈凪なりに反り身のままの干鰈〉なんてどうかな?」

「ああ、きょう僕が持ってきた干鰈も裂く前はそんなかたちをしてましたね。しかし、〈凪なりに〉ってどう解釈したらいいんだろう?」

「干鰈は天日に干して作るやろ。凪も吹いてくるわけやな。その凪に従うように、凪に吹かれるままに、反り身になったちゅうことやろう。生きてたときはひらひら海の底を泳いでたやろうに、こうやって人間に捕《つか》まって、お日さんに照らされて風に吹かれて……そう考えたら、干鰈ちゅうのは哀れなもんやなあ」

「そう言われると、鰈のいのちを頂いているという実感が湧いてきますね。先生、田楽の句で一物仕立ての句はありますか?」

「この句は、今の我々の食べる様子に当てはまるなあ。〈田楽を食ふに等しく前のめり　中原道夫《なかはらみちお》〉」

「ほんとだ! なんでだろう、田楽を食べるとき、どうしても前のめりになるのは?」

「ようそこを発見したなあと思う句やな。田楽を食べるときの姿勢をしっかり見て作ってる。しかも見過ごしてしまいそうな場面をこうやって一句に仕立てることで滑稽味《こっけいみ》が生まれるねん。ほんまにみんな、こんな食べ方してるなあと、誰もが気づかされる不思議な説得力があるな。この句もちょっとおもろい一物仕立ての句やで。〈田楽を右に習ひてたのみけり　村上喜代子《むらかみきよこ》〉」

「この句の気持ち、わかります! 右隣《みぎどなり》の人の頼んでいるのを聞いてか、それとも食べてるところを見てか、自分も田楽を食べたくなったんでしょうね。それをクールに〈右に習ひてたのみけり〉と切字《きれじ》の〈けり〉を使って言い切っているところがまたいいですね」

「田楽を食べ終わった句もあるで。〈田楽の串の武骨《ぶこつ》を舐《な》めにけり　井上弘美《いのうえひろみ》〉。〈武骨を〉ちゅう措辞《そじ》が、この句のミソやな。田楽だけに」

「うまい！　ところで先生、一物仕立ての句は例を挙げていただいてよくわかりました。でも、俳句って一物仕立てばっかりじゃないですよね？　たとえば、ほら、歳時記を見てみると、〈田楽や疾風《はやて》がゆする山の音　森澄雄《もりすみお》〉という句なんか、田楽という一つの素材だけで詠まれていないですよね？　明らかに素材が多いですよね？」

「さすが我が弟子！　でも、続きはまた今度にしよか。それより田楽といえば、菜飯がつきもんやろ。もずく君、すまんが、締めの菜飯作ってんか！」

2　もずく君、取り合わせを学ぶ

土曜日の朝方、ひぐらし先生から「きょうは豆飯が食べたてしゃあないさかい、よろしく」と電話が掛かってきたので、八百屋で豌豆《えんどう》と蕗《ふき》を、魚屋で新鮮な鱚《きす》を仕入れたもずく君は、先生の玄関の呼び鈴《りん》を鳴らしました。

応答がなく、ドアノブを回すと開きました。そろそろ僕《ぼく》が来るころだろうからと鍵をかけないでいてくれたのだなと思い、そのまま玄関に入って、「先生、こんにちは！」と声を掛けました。相変わらず返事がありません。

もしや泥棒にでも入られたのか！　と急に不安になり、慌《あわ》てて靴《くつ》を脱ぎ捨てると、家の中に入っていきました。どの部屋を探しても姿が見えません。縁側に行くと、庭で身をかがめて一心に何かしているひぐらし先生の背中を見つけたので、もずく君はほっと胸を撫《な》で下ろしました。

「先生！　もう……心配させないでくださいよ」

「わっ！　なんやもずく君か。びっくりするやないか」

「なんやじゃないですよ。何やってるんですか？」

「何て、見てわからんか。茄子《なす》植えてるねん」

「茄子って、今頃植えるもんなんですか？」

「そうや。初夏の季語《きご》に〈茄子植う〉がある。高浜虚子《たかはまきょし》の〈老農《ろうのう》は茄子の心も知りて植ゆ〉なんて、実にええ句やな。春に茄子の種を蒔《ま》いて、苗床で育ったら畑に移植するんや。まあ、わたしはホームセンターで苗を買うて来たんやがな。でも、庭に畝《うね》を作るためにちゃんと土作りまでしたんや。どや？　小さい畑やけど、綺麗《きれい》に苗が並んだやろ。さて、仕上げはたっぷり水を撒《ま》いてと」

もずく君は、先生の小さな茄子畑に感心しながら、

「先生、お腹がすいたでしょう。すぐお昼作りますね」と声を掛けて、台所に向かいました。

やがて縁側に置いたちゃぶ台には、ほかほかの豆飯、鱚の天婦羅《てんぷら》、鱚の刺身、蕗の味噌《みそ》汁が並びました。

「もずく君、おおきに。〈歳月やふっくらとこの豆ごはん　坪内稔典《つぼうちねんてん》〉か。豆ごはんにはなんや郷愁を感じるなあ」

「そうですね。ところで、その句は先日、先生に教わった一つの素材でできた一物仕立《いちぶつじた》てじゃないですよね？　歳月と豆ごはんの二つのことが詠《よ》まれてますよね？」

「そう、二つの素材を配合した句を取り合わせというんや。歳月と豆ごはんとは本来関係ないものやけど、作者はその二つを組み合わせ、詩的な空間を広げて豆ごはんに来し方を見たんや。さあ、まずはいただこか」

ひぐらし先生はよっぽどお腹がすいていたのか、しばらく無言で箸《はし》を忙《せわ》しなく動かしました。そうしてすっかり食べ終えると、手を合わせ、満足気に頷《うなず》きました。

「ふう、ごっつおさん。もずく君、あの桜見てみい。ついこのあいだ満開やったのに、もう葉桜《はざくら》や。季節の移ろいっちゅうのは早いもんやなあ。〈さくら葉となる迅速《じんそく》を今日嘆《なげ》く　関成美《せきしげみ》〉ちゅうのは一物仕立て、〈葉ざくらや人に知られぬ昼あそび　永井荷風《ながいかふう》〉が取り合わせや」

「『濹東綺譚《ぼくとうきたん》』を書いた永井荷風だけに、葉桜と〈人に知られぬ昼あそび〉との取り合わせがなんだか艶《つや》っぽいですね。葉桜の陰影が、荷風の耽美《たんび》的な昼あそびと響き合っているような感じがします」

「そうやなあ。葉桜ちゅう季語には、どこか光と影が交錯するような趣《おもむき》が感じられるな。こんな句はどうや？　〈葉桜や沖まで波の限りなく　田川飛旅子《たがわひりょし》〉」

「この句は、すごく大きな風景の句ですね。葉桜の下で、もしくは葉桜を透かして、海原を眺めているんでしょうね。波がずっと沖まで続いていて、そのゆったりとした動きまで見えてきます。葉桜も風に吹かれると、波立つようにざわざわしますから、葉桜と波は全く違うものだけど、どこか相通ずるような雰囲気《ふんいき》がありますね」

「葉桜の緑と海の青との色彩のコントラストでも見せてくれる句やな。青系の色で統一された美しさがある」

「たしかに、美しい句ですね。こんな絵があったら欲しいかも。この句と荷風の句とを比べてみると、同じ葉桜との取り合わせでも、取り合わせるものによってこんなにも作品世界が変わることに気づかされます」

「それが取り合わせの句のおもろいところやな。同じ季語を使っても、取り合わせるものによって、がらりと一句の風景が変貌《へんぼう》するんや。その取り合わせるものに作者の個性や作風が出るちゅう言い方もできる。もずく君の作ってくれた蕗の味噌汁もごっつ美味《おい》しかったけど、〈蕗〉も夏の季語やな。蕗のこんな句はどうや？　〈蕗を煮て妍《けん》を捨てたる女かな　古舘曹人《ふるたちそうじん》〉、〈蕗の葉を傾けし風一里塚　柏原眠雨《かしわばらみんう》〉」

「先生、切字《きれじ》の〈や〉で切っていませんが、これも取り合わせの句ですか？」

「そうや。〈や〉で切れてる句は、取り合わせとしてわかりやすいな。でも、この二句をよう見てみなはれ。〈や〉の切字がないけど、二つの素材でできた句やろ？」

「ほんとだ。〈蕗を煮て妍を捨てたる女かな〉は、〈て〉のあとに、蕗とは一見関係なさそうな事柄が詠まれていますね。どういうふうに解釈すればいいのだろう……」

もずく君は、しばらく腕組みをして考えました。

「そっか。蕗は生のままだと筋も硬いし、灰汁《あく》もある。でも茹《ゆ》でることで柔らかくなり、灰汁も取れるから、その蕗の変化が、〈妍を捨てたる女かな〉のイメージに掛かっているのか」

「ちゃんと解釈できたな。この句は助詞〈て〉のところで転換して、違う事柄が詠まれている取り合わせの句や。〈妍〉ちゅうのは美しいこと、艶《あで》やかなことの意味やさかい、もう若い頃のように、自分の美に気を遣《つか》わんようになったんやろ。〈捨てたる女〉ちゅうてるさかいな。そやけど、どこか蕗を煮る年配の女性の来し方を、いろいろあったやろう人生を彷彿《ほうふつ》とさせる一句やなあ。蕗も煮られる前は青々としてすっきり美しいけど、煮たあとのしっとりとした蕗もまた味なものや」

「先生、この句を解釈するとき、〈妍〉の意味も〈険〉と間違わないようにしないとですね。〈険〉の漢字だと、顔つきのけわしいことになりますもんね」

「〈妍〉と〈険〉では意味がまた違ってくるさかい注意せなあかんな。〈蕗の葉を傾けし風一里塚〉も、切字の〈や〉はないけど、〈風〉のあと切れが入る。蕗の葉を傾けた風から、場面が転換して〈一里塚〉という里程《りてい》の目標の塚が詠まれてる。江戸時代に広く整備された一里塚は、一里である約四キロごとに設けられたんや。一里塚には土が盛られて榎《えのき》や松が植えられ、旅人が休めるようになってたんや。今でもその史跡は残ってる。この句は往時の旅路を偲《しの》びながら、作者自身の旅の句かもしれんな」

「路傍《ろぼう》の蕗と一里塚との取り合わせか……取り合わせといっても、いろんな形があるんですね。先生、取り合わせの句を作るときに注意することはありますか？」

「よう言われるのが〈つかず離れず〉ちゅうことや。あまりに内容が近いもの同士を取り合わせると、陳腐《ちんぷ》になるしおもしろくない。でも二つの事柄がかけ離れすぎても何を言いたいのかわからなくなる。その距離感が大事なんや。詩的で絶妙な距離感を二つの事柄のあいだで保ちつつ、深みや新しみを一句に出したいところやな」

「わかりました！　取り合わせの句にも挑戦すべし」

【ひぐらしメモ】

●取り合わせ／二つの素材・事物を組み合わせて詠む俳句の作り方。

●一物仕立《いちぶつじた》て／一つの素材・事物を詠む俳句の作り方。

3　もずく君、地名の活かし方を学ぶ

「しかし、よう降る雨やなあ。もずく君、あの紫陽花《あじさい》の葉っぱの上に動いてるのはカタツムリやろか?」

もずく君が作ってくれた筍飯《たけのこめし》と鯖《さば》の塩焼きで昼食を終えたひぐらし先生は、日曜日の縁側に座りながら庭の紫陽花を指差しました。

「そうですね。なかなか大きなカタツムリですね」

「〈かたつむり甲斐《かい》も信濃《しなの》も雨のなか〉か……この句は山梨県生まれの飯田龍太《いいだりゅうた》が詠《よ》んだんやけど、見事に遠近法《えんきんほう》が活かされてる。もずく君、わかるかな?」

「なんとなくですが……上五《かみご》の〈かたつむり〉で切れが入って、中七《なかしち》に〈甲斐も信濃も〉と地名が詠まれていますね。その転換の仕方が大胆だなと思いました」

「そうやな。上五で〈かたつむり〉という小さな生き物を見せておいて、中七から〈甲斐も信濃も〉と旧国名を二つ並べて、下五《しもご》で〈雨のなか〉と全体を包み込む気象を示してる句や。カメラワークでいえば、最初にかたつむりを撮っておいて、だんだんカメラを引いていって空撮のような視点でいまの山梨県である甲斐の国といまの長野県である信濃を

写してる感じやろな。この句の眼目は、やはり〈甲斐も信濃も〉ちゅう地名といえる。雨にけぶる二つの山国を一句に地名を詠みこむことで、読み手にうまく想像させてるねん」

「なるほど。一句のなかで地名を活かすことも大事ということですね。先生、その他にも地名を詠みこんだ句を教えてください！」

「よっしゃ。まず、わたしの故郷の和歌山を詠んだ句を観《み》ていこか。〈神にませばまこと美《うる》はし那智《なち》の瀧《たき》〉、〈炎天の空美しや高野山《こうやさん》〉、二句とも高浜虚子《たかはまきょし》が詠んだものや。どうかな？もずく君」

「僕は何度か和歌山に行って、那智の瀧も高野山も訪れたことがあるので、イメージが広がりやすいですね。〈那智の瀧〉にも〈高野山〉にも、地名の持つ力というものを感じます」

「地名の持つ力とはええ言葉やな。一句目は、熊野にある那智の瀧という大瀑布《ばくふ》を見た虚子が、そこに神の姿を感じ取り、ほんまに美しい、立派な瀧であることよと賛嘆してる。古代から御神体とされてきた那智の瀧を崇《あが》めた句ともいえるやろ。〈那智〉が地名やな。那智にある瀧やさかい那智の瀧ちゅうんや。〈瀧〉は夏の季語《きご》やけど、この句の場合、ただの瀧ではあかん。やっぱり那智の瀧やさかい、荘厳《そうごん》な瀧の様子が見えてくるんや。二句目は、真夏の高野山の空を讃《たた》えてる。同時に、山に囲まれた真言宗の総本山である金剛《こんごう》峯寺《ぶじ》、空海《くうかい》の成し遂《と》げた偉業《いぎょう》を讃えているような趣《おもむき》も感じるな。夏の季語である〈炎天〉が、真言密教《しんごんみっきょう》で行われる護摩《ごま》焚《だ》きの炎の象徴のようにも見えてくる。そやさかい、炎天やないとあかんし、高野山でないとあかんのや。どちらも、もずく君が言うたように、地名の持つ力が漲《みなぎ》ってる句や。もう少し違う言い方したら、その地名に積み重ねられた歴史があるちゅうことかもしれんな」

「どちらも霊気が宿っている地名の力が感じられますね。そして、旅のなかで詠まれた句ですね」

「地名を詠みこんだ句は、いわゆる〈旅吟〉で生まれることが多いやろな。〈五月雨《さみだれ》をあつめて早し最上川《もがみがわ》〉、言わずと知れた『おくのほそ道』での芭蕉《ばしょう》のこの句もそうや。古くから水運に利用されてきた、日本三急流の一つである最上川の勢いが見えてくる句や。最上川は歌枕《うたまくら》となっている名所でもある。俳句に詠みこむ地名も、歌枕になっている場所ほど、歴史を踏まえることになるさかい、その言葉の力が強くなるちゅうことがいえるな。もう一つ、芭蕉の句で地名が活かされたものを挙げよか。〈京にても京なつかしやほとゝぎす〉。京は京都のことやな。芭蕉は京や近江《おうみ》が好きで句を詠んでるけど、この句は京に佇《たたず》み、ほととぎすの声に耳を澄ませながら、むかし平安京のあった京都を懐かしみ、思いを馳《は》せてるんや。京の地名のリフレインが心地よく響き、なおかつ京という場所に対する芭蕉の思い入れがよう伝わってくる。そして十七音のなかに壮大な歴史のロマンが流れとるんや。この京という地名も一句のなかで動かせんな。他の地名やったら成り立たん句や」

もずく君は深く頷《うなず》いてから、考えつつ言いました。

「最上川も京も地名に歴史があり深みがありますね……そうか、たぶんこの雨で、近所の名も知らぬ川も激流になっていると思うけど、その川の名前をわざわざ調べて一句に詠みこんでも、地名としての言葉の力はほとんどないということですね？」

「そういうことやな。なんでもかんでも地名を入れるとええ俳句になるわけやない。一句に地名を入れる必然性が問われるわけや。なんで、那智の瀧という地名を入れたのか。高野山、最上川、京を詠みこんだのか。それはそのできた句を観れば一目瞭然《いちもくりょうぜん》や。逆にその地名がないことには、その句が成り立たんちゅう作品になってるのが本物の地名を活かした俳句といえるやろ。そやけど、歌枕になるような有名な地名を詠みこんだら、すべてがすべてええ句になるとは限らんで」

「え？　どういうことですか？」

「たとえば、〈梅雨晴《つゆばれ》や偉大なる富士聳《そび》え立つ〉ちゅう句があるとするな。これはいま、わたしが考えた句やけど、もずく君、この句どう思う？」

「上五を切字《きれじ》〈や〉でしっかり切って、なかなか力強い句にも見えますが……」

「たしかに一見、きちんとできた句のようにも見えるけど、この句は〈富士〉ちゅう地名にもたれかかりすぎてるように見えへんか？」

「あ、そう言われてみれば、日本一の山である富士山に頼りすぎた表現に見えますね」

「そやろ。〈偉大なる〉も〈聳え立つ〉も、富士ちゅう言葉、地名にすでに含まれたイメージやな。それをわざわざ一句のなかでダメ押しするように重ねて説明してる無駄がある。つまり富士を説明しすぎた句になってるちゅうことや。そやさかい、地名を活かすも殺すも、一句のなかでどのように詠むかなんや。せっかく歌枕にもなっているような地名を詠みこんでも、こんな句詠まれたら、富士が可哀相《かわいそう》ちゅうもんや」

「でも、富士を詠むことに精一杯で、こんな句作ってしまいそうだなあ。気を付けないと」

「実際、俳句の選者を務めると、地名を詠みこんでるけど、その地名に負けてる句に出合うことが多いさかいな。それやったら、地名を省略して詠んだほうが、もっとええ句になるのに、と思うことがけっこうある。旅に出て句を詠むとき、つい地名を入れてみたくなるけど、よう推敲《すいこう》することが大事やな。地名を詠みこんだパターンと、地名を省略したパターンの句を試しに作ってみてもええ。そうすることで、ほんまにこの句には地名が必要かどうかが見えてくるやろ。もずく君、地名を詠みこんで、型にはまった絵葉書みたいな句、作ったらあかんで」

「絵葉書みたいな句か……なるほど。自分の視点で捉《とら》えた、紋切型にならない地名の俳句を目指します！」

【ひぐらしメモ】

●歌枕《うたまくら》／和歌の中に古来多く詠《よ》みこまれた名所のこと。

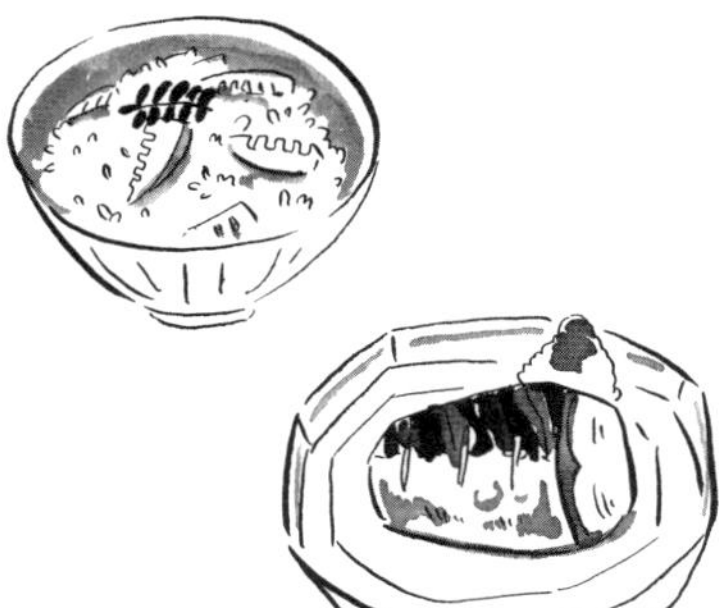

4　もずく君、間違いやすい文法を学ぶ

「先生！　速報、速報ですよ！」

もずく君は、ひぐらし先生のお宅の扉を勢いよく開けると、大声で叫びました。もずく君はそのまま玄関で靴《くつ》を脱ぎ捨てて、縁側の方に慌《あわ》てて走っていきました。

「先生！　速報ですよ！　速報！」

「うるさいやっちゃなあ。こっちは畑の収穫で忙しいんや」

麦藁帽子《むぎわらぼうし》を被《かぶ》ったひぐらし先生は、肘《ひじ》に手籠《てかご》をかけて、庭の畑の茄子《なす》の実をもぎ取っているところでした。

もずく君は縁側の下に置いてあるサンダルを急いで履《は》くと、ひぐらし先生の元に駆け寄り、

「先生、茄子どころじゃないんですよ！　速報です！」

「こっちも速報や。五月に植えた茄子が立派な実を結んだぞ。やっと収穫や。〈採《と》る茄子の手籠にきゆアとなきにけり　飯田蛇笏《いいだだこつ》〉。ほら、〈きゆア〉言うたやろ？」

「ほんとですね。って、先生！　だから速報ですって。入選したんですよ！　ついに、

僕《ぼく》の句が！」

「なに！　それ、ほんまかいな？」

「ほんとですよ！　まあ、でも佳作なんですけど。円城寺《えんじょうじ》先生に選んでいただきました」

「おめでとう！　佳作でも、もずく君の初入選や。しかも円城寺さんの選は確かやさかいな。よかったなあ」

ひぐらし先生は、もずく君と強く握手を交わしました。

「先生……ありがとうございます。いつか先生が、〈初心者のうちは落選してなんぼや。そこから学んでいったらええんや〉と、励ましてくださったおかげです」

もずく君は目頭を押さえながら、つぶやきました。

「まだ泣くのは早いで。目指すは特選や。しかし、初入選はまことにめでたいことや。乾杯しようやないか」

早速、縁側のちゃぶ台には、もずく君の作った茄子の味噌炒《みそいた》め、茄子の煮物とトマトのオリーブオイルがけ、そして具だくさんの冷やし中華が並びました。

「さすが、もずく君。料理も夏の季語《きご》に溢《あふ》れてるな」

二人はビールで乾杯してぐっと飲み干しました。

「うまい！　〈ビール〉が夏の季語なのは納得や。それから、茄子もいただいてと……いやあ、美味《おい》しいなあ。きょうはわたしが作った茄子ともずく君の料理との合作やな」

「そうですね、先生のお茄子、とても美味しいです。ほら、見てください。ここに僕の句が載《の》っています」

もずく君は、俳句雑誌の投稿欄を開いて見せました。

「〈南風やマーマレードを匙《さじ》に乗せ〉か。なるほど、先日教えた取り合わせの句やな。南風とマーマレードの取り合わせ、なかなかええな。切字《きれじ》の〈や〉も効《き》いてる」

「ありがとうございます。五月に瀬戸内海の方へ出張に行ったときに、海辺のカフェで作りました。ところで、実はもっと自信のある句があったのですが、落ちました。この三句なんですが、〈ほととぎす雨追ふてきて山越へり〉〈夏蝶《なつちょう》の飢えて老ひたる木をのぼる〉〈木を蹴って見てるあいだに落つ毛虫〉。先生、いかがでしょうか？」

「ふむ。まあ、わたしが観《み》てもこの三句は落選やな」

「やっぱり……先生、ぜひアドバイスをください！」

「よし。では一句目〈ほととぎす雨追ふてきて山越へり〉やけど、情景はようわかるな。夏の季語の時鳥《ほととぎす》が鳴いていて、君が早い雨脚《あまあし》に追われるように山を越えている。そんな光景やろう。しかし、文法を間違えてるんや。まず〈追ふて〉やけど、ウ音便の表記の間違いやな」

「ウオンビン?」

「そうや。ウ音便とは、たとえば〈白く〉が〈白う〉となったり、〈食ひて〉が〈食うて〉になったりすることや。つまり発音しやすいように変化したんやな。この句の〈追ふて〉もウ音便やさかい、表記するときは〈追うて〉となる。蕪村《ぶそん》の句に〈葱《ねぎ》買うて枯木の中を帰りけり〉ちゅうのがあるけど、〈買うて〉がウ音便やな。初心者はよくこのウ音便の表記を間違えるさかい、気をつけるように。それからもう一点〈山越へり〉が間違いや。もずく君、句を作るとき、ちゃんと辞書引いてるか?」

「すみません……あまりこまめには引いてません」

「そやろな。きちんと古語辞典引いてたら、こんな間違いはせんはずや。でも、これもまあ、初心者がつい間違ってしまう例やさかい、しゃあないか。まず〈越ゆ〉を辞書で引いてみなはれ」

もずく君はリュックから電子辞書を取り出しました。

「自動詞のヤ行下二段活用です。〈え・え・ゆ・ゆる・ゆれ・えよ〉。上から、未然、連用、終止、連体、已然《いぜん》、命令形ということは……あ、〈越へ〉じゃなく〈越え〉なんだ。しまった!」

「その間違いともう一つあんねん。この〈り〉は助動詞の〈り〉やろ。これも古語辞典で助動詞〈り〉は何に接続するか、調べてみなはれ」

「はい。えっと、四段動詞の已然形、およびサ変動詞の未然形に付く。ということは……」

「下二段活用の動詞には付かへんちゅうことや。直すとしたら、〈ほととぎす雨に追はれて山を越ゆ〉やな」

「オーマイガー！　なんと間違いだらけの我が句よ！」

「はい、二句目いくで。〈夏蝶の飢えて老ひたる木をのぼる〉。この句も内容は悪くない。夏蝶が飢えるちゅうのは詩的な表現やな。しかし、これも文法に難点がある。〈飢う〉を辞書で引いてみなはれ」

「自動詞のワ行下二段活用で、〈ゑ・ゑ・う・うる・うれ・ゑよ〉……〈飢えて〉じゃなく、〈飢ゑて〉ですね」

「それから〈老ゆ〉も辞書で引いてみなはれ」

「自動詞のヤ行上二段活用。〈い・い・ゆ・ゆる・ゆれ・いよ〉ということは……〈老ひたる〉じゃなく〈老いたる〉か。うわあ、この句も間違いだらけですね」

「添削《てんさく》したら、〈夏蝶の飢ゑつつ老樹のぼりゆく〉かな。老いたる木は〈老樹〉と短縮した言葉で表現したい。〈飢ゑつつ〉とすることで夏蝶の渇望がより強くなる。さて、三句目〈木を蹴って見てるあいだに落つ毛虫〉やけど、この句も間違いが多い。まず〈蹴って〉にある小さな〈っ〉、これを促音《そくおん》というが、歴史的仮名遣《かなづか》いでは大きな字〈つ〉と表記する。〈蹴つて〉と書くんや。拗音《ようおん》である小さな〈ゃ〉〈ゅ〉〈ょ〉も大きな字〈や〉〈ゆ〉〈よ〉と表記するから覚えておくように。それから〈見てる〉という表現やけど、口語的表現やな。もずく君は、文語で歴史的仮名遣いを目指してるさかい、これも正したい」

「正しくは〈見てゐる〉ですよね。でもそれだと、どうしても字余《じあま》りになってしまうんで、つい……」

「字余りになるさかい、妥協した表現にするちゅうのはやめなはれ。苦しくても徹底的に推敲《すいこう》せなあかん。それから〈落つ毛虫〉の〈落つ〉も辞書引いてみなはれ」

「自動詞のタ行上二段活用。〈ち・ち・つ・つる・つれ・ちよ〉ということは、あ、〈落つ〉は終止形だから名詞の〈毛虫〉には付かないんだ！　連体形の〈落つる毛虫〉が正しいんですね。この句も字余りか……」

「直すとしたら〈木を蹴ればみるみる落つる毛虫かな〉かな。なんや、さらに恐ろしい句になってしもたな」

「先生、きょうはいつにも増して勉強になりました。文法は苦手だけど、特選を目指すには乗り越えないといけない壁ですね！　これからは辞書引きまくるぞ！」

5　もずく君、比喩表現を学ぶ

八月十三日の夕方ごろ、もずく君はカレーの材料が入った買い物袋を提《さ》げて、ひぐらし先生のお宅を訪ねると、なにやら先生が家の前でごそごそしていました。

「先生、何をされているんですか？」

「何をって見てわからんか？　魂迎《たまむか》えの準備やがな」

「タマムカエ？」

「そうや。七月十三日にする家もあるけど、うちは八月にするんや。こうやってな、先祖の霊を苧殻《おがら》を焚《た》いて迎えるさかい、迎火《むかえび》いうんや。秋の季語《きご》にもなってるで」

「え？　こんなにまだ暑いのに、もう秋なんですか？」

「立秋は毎年八月七日か八日ごろやさかい、お盆ちゅうのは、もう初秋にあたるんや」

「なるほど。その茄子《なす》と胡瓜《きゅうり》は何に使うんですか？」

「先祖の霊が家に戻って、また帰って行けるように、これから茄子の馬と瓜の牛を作るんや。瓜の馬、茄子の牛もあるな。まあ、言うたら魂《たましい》の乗り物やな。茄子と胡瓜にこうやって、苧殻の脚をつけてと。この脚のバランスが難しいんやけど、さて、ちゃんと立つかな？」

すると、胡瓜のほうがこてっと倒れてしまいました。

「やっぱり難しいなあ。〈瓜の馬たのしむごとくころがれる　加藤《かとう》三七子《みなこ》〉ちゅう句があるけど、この〈たのしむごとく〉が切ない比喩《ひゆ》やなあ。〈かなしむごとく〉やったら、当り前な比喩で、諧謔《かいぎゃく》がない。〈たのしむごとく〉やから、よけいに切なさが増すんや。亡くなった人の魂が〈瓜の馬〉に乗って息せき切って帰ってきたんやろう。それで乗り捨てるように胡瓜から降りて、会いたい人のいる我が家にたどり着いた光景が浮かんでくるな」

ひぐらし先生は、ふたたび胡瓜の脚の長さを調節すると、今度はきちんとバランスよく立ちました。

「この牛馬も地域によって、精霊棚《しょうりょうだな》や仏壇に供えたりさまざまみたいやけど、うちは家の前に出しておくねん。これで死んだ妻の魂も、無事に帰ってこられるやろ」

「お優しいですね。きっと奥様、迷わず先生の元にお帰りになると思います。うちも亡くなった母をきちんとお迎えしないと。ところで先生、いま比喩のお話がでましたが、きょうはそのことについて教えていただこうと思いまして。でも、さきに夕飯のカレーを作りますね」

しばらくすると、煮込んだ熱々のカレーが湯気を立てて、ひぐらし先生の待つ食卓に運ばれてきました。

「お待たせしました。特製牛すじ煮込みカレーです」

「どれどれ……。あ、うまいっ！　牛すじはもちろん、このじゃがいもがほくほくでええ味出してるなあ」

「さすが先生、お目が高い。ほんとはもう少し煮込んだほうがいいんですけどね。じゃがいもは北海道の新鮮なものです。先生、じゃがいもは季語でしたっけ？」

「秋の季語や。〈馬鈴薯《ばれいしょ》の顔で馬鈴薯掘り通す　永田耕衣《ながたこうい》〉ちゅう句があるな。〈馬鈴薯の顔〉の比喩が面白い。ちょっと無骨な愛嬌《あいきょう》のある顔が見えてくるな。そして〈馬鈴薯掘り通す〉によって、馬鈴薯のリフレインとなり、掘り続ける行為にその人の一徹さが滲《にじ》み出てるんや」

「それです！　その比喩について教えてください！」

「わかった、わかった。カレー煮込む時間、待たされたんや。ちょっと、さきに食べさせてんか」

ひぐらし先生はしばらく無言でカレーをかきこみ、途中ラッキョウを摘《つ》まみつつ、ようやく食べ終えました。

「ごちそうさまでした。ふう〜、満足、満足。あ、そうや、このカレー、妻の仏壇にもお供えしてくるわ」

ひぐらし先生は、お宅に帰ってきているだろう奥様の御霊《みたま》にもカレーをお供えして食卓に帰ってきました。

「もずく君、おおきに。帰ってきた妻もカレー喜んでるわ。さて、比喩の話やけど、俳句で使われる比喩は大きく分けて二つある。直喩《ちょくゆ》と隠喩《いんゆ》や。直喩は先に挙げた〈瓜の馬たのしむごとくころがれる〉の〈ごとく〉などを使ってたとえること。〈ような〉〈似たり〉を使うのも直喩やな。そして隠喩は、〈ごとし〉や〈ような〉の語を使わずに直接その対象と結びつけてたとえる表現や。〈馬鈴薯の顔で馬鈴薯掘り通す〉の〈馬鈴薯の顔〉が隠喩やな。これを直喩に直したら〈馬鈴薯のような顔〉〈馬鈴薯のごとき顔〉になる。もずく君、この句においてどっちの比喩がええかな？」

「やっぱり原句通り〈馬鈴薯の顔〉の方がインパクトがありますね。〈馬鈴薯のような顔〉だとまだるっこしいというか。しかも字余《じあま》りになってしまいます」

「そうやな。この句の場合、AはBである、と直接言い切る隠喩のほうが読み手に強い印象を与えるし、リズムもよくなるな。比喩表現をするとき、直喩と隠喩のどちらを選ぶかは、その句の内容とリズムを考えて使い分けるとええんや。まあ、わたしの見る限り、圧倒的に直喩のほうが、使用頻度が多いように思うけどな。だいたい初心者の使う隠喩は陳腐《ちんぷ》になりがちなんや。〈林檎《りんご》の頬《ほ》っぺ〉とか〈空の涙〉とか。前者は赤き頬《ほお》のこと、後者は雨のことやろうけど、たとえに全然驚きも新しみもない。それやったら、そのまま赤き頬、雨と表現したほうがましや。そやさかい、もずく君も、比喩表現をもし使うんやったら、まず直喩から挑戦したらええと思うで」

「たしかに〈空の涙〉とかちょっと気取った言い方してしまいそうですね。気をつけないと。先生、直喩のお手本になる俳句を他にも教えていただけますか？」

「よっしゃ。たとえば、〈太刀魚《たちうお》を抜身のごとく提げて来る　平松三平《ひらまつさんぺい》〉、〈かなかなや少年の日は神のごとし　角川源義《かどかわげんよし》〉、〈去年今年《こぞことし》貫く棒の如《ごと》きもの　高浜虚子《たかはまきょし》〉あたりなんか、それぞれ素晴らしい比喩やと思うな。一句目は秋の季語である〈太刀魚〉という名称をうまく活かしている。太刀魚の語源は、太刀に似ているからという説と立ち泳ぎするからという説があるようやけど、たしかに太刀魚は銀白の刀の形に似ている。それを踏まえて、この句では〈抜身のごとく〉とたとえたんや。鞘《さや》から抜き放った刀の鋭さがそのまま太刀魚の形状と新鮮さにつながってる。提げて来る人物も豪傑《ごうけつ》な感じに見えてくるな。二句目の季語は〈かなかな〉で秋。わたしの名前、つまり蜩《ひぐらし》のことや。蜩の澄み切った美しい声を聞きながら、少年だった日は神のようだったと詠《よ》んでるんや。この〈神のごとし〉が抒情《じょじょう》的で郷愁の満ち溢《あふ》れた比喩になってる。なんや懐かしい気持ちにさせてくれる句やな。神の純真性が少年の純情と重なるねんなあ。三句目は〈去年今年〉が新年の季語。旧年から新年に移り変わる時間を捉《とら》えた季語やけど、〈棒の如きもの〉がその時間を貫いていると詠んだ。この説明のつかん茫洋《ぼうよう》とした比喩が、時間の本質を突いてるんや。いや、突いてるように見せる比喩表現の勝利と言うたほうがええか。これは直喩の一級品であり名句やさかい、覚えておくように」

「承知しました。この三句から直喩の表現の力が伝わってきました。どれも比喩に必然性が感じられますね」

「直喩は必然を感じさせる意外性、発見、新しみ、また深みも必要やな。しかし、同時に〈ごとく俳句〉などと否定的に言われたりすることもある。それはありきたりな陳腐な表現になってしまいがちやからや。そやさかい、安易に何かに見立てて、直喩の句にしたらあかんで」

「はい。心して比喩を用いたいと思います！」

6　もずく君、外来語の使い方を学ぶ

「ハロー、ティーチャー！」

ひぐらし先生の玄関のドアを開けたもずく君が、突然英語で挨拶《あいさつ》をしてきたので、先生は目を丸くしました。

「なんや、もずく君の英語の発音、気色悪いなあ」

「気色悪いってなんですか！　英語教室からの帰りなんですよ。ちょっと仕事で必要に迫られて習い始めたんです。それより先生、きょうはいい秋刀魚《さんま》が手に入りましたよ。塩焼きにしましょうか。その前に新豆腐《しんどうふ》の冷奴《ひややっこ》を用意して、枝豆を茹《ゆ》でますから。豆腐屋のオヤジに、これ新豆腐だからってやたら勧められましてね。きょうはビールじゃなくて、冷えた辛口の白ワインで一杯っていうのはいかがですか？」

「お、ええな。九月やのにきょうは暑いさかい、ありがたい。〈新豆腐〉は秋の季語《きご》やな。もずく君と豆腐屋とのやり取りにぴったりな句があるで。〈新豆腐といふふれこみに買はさるる　上村占魚《うえむらせんぎょ》〉。それから、冷奴とワインの句もある。〈遠来の友にワインと冷奴　中村恵美子《なかむらえみこ》〉。〈冷奴〉は夏の季語で、この句のワインも白やろなあ。ところで、もずく君、

〈枝豆〉はいつの季語や?」

「決まってるじゃないですか、夏ですよ、夏」

「ブー! 正解は秋」

「えっ! 枝豆といえば夏でしょう!」

「露地物の枝豆は立秋《りっしゅう》過ぎてからが旬《しゅん》なんや。また旧暦九月十三日の十三夜の月に供えるさかい、月見豆《つきみまめ》とも呼ばれてる」

「へー、そうなんですね。勉強になりました。では、食事の用意をするので、先生は縁側で秋刀魚を焼くための七輪《しちりん》の準備をお願いします」

やがて、七輪の上でじゅうじゅう脂をしたたらせている秋刀魚を前に、二人は白ワインで乾杯して、いつもの俳句談義になりました。

「先生、この前、円城寺《えんじょうじ》先生の佳作に入選しましたけど、あれ以来、またスランプに陥りまして……。全然、入選しないんです。最近落ちた句を披露《ひろう》するので、何かアドバイスをいただけたらありがたいのですが」

「よっしゃ。その前にこの秋刀魚をひと口と……うまいっ! もずく君の添えてくれた酢橘《すだち》がいっそう味を引き立ててくれるな。新豆腐も枝豆も、やはり旬は最高やな。どれも滋味や。で、どんな句を送ったんや?」

「では、恥ずかしながら……こんな句です。〈きちきちのジャンプして空越えんとす〉、〈煌《きら》めけるブルーの秋刀魚並びけり〉〈セザンヌの奇跡の林檎《りんご》ミュージアム〉。先生、いかがでしょうか?」

「ふむ、わたしが選者でもこの三句は選ばへんな」

「……やっぱり。どこがいけないんでしょう?」

「もずく君、最近英語教室に通いすぎちゃうか? なんで、こないに英語を一句に入れるねん?」

「それは……なんか新しみが出るような感じがしたり、響きがカッコ良くなるような気がして、つい……」

「その考え自体、改めんとあかんな。英語を含め、外来語を一句のなかに使ったからといって、俳句が簡単に新しくなったりはせんのや。それは安易な考えやな。響きがカッコええちゅうのもカタカナの雰囲気《ふんいき》に惑《まど》わされてる。新しい俳句を目指すのはええことや。芭《ば》蕉《しょう》も〈新しみは俳諧《はいかい》の花〉ちゅうてるくらいやさかいな。そやけど、外来語を一句に用いたからといって、芭蕉が目指した深みの伴った〈新しみ〉はやすやすと生まれへんのや」

「はい。肝《きも》に銘《めい》じます。でも、どうしたらいいのか」

「具体的に見ていこか。まず一句目〈きちきちのジャンプして空越えんとす〉、内容はそんなに悪いわけやない。季語は秋で〈きちきち〉、バッタのことやな。その勢いは伝わるには伝わる。そやけど、〈ジャンプ〉がよくない。〈ジャンプ〉ちゅう英語は日本語にも置き換えられるやろ。この句で〈ジャンプ〉という英語を使う必然性がないんや。たとえば、〈大空へ飛蝗《ばった》渾身跳ばんとす〉としたらどうやろう。〈ジャンプ〉は日本語の〈跳ぶ〉でええねん。〈渾身〉は、全身ちゅう意味やな」

「僕《ぼく》の原句がいかに軽かったかがよくわかりました。こうして、〈ジャンプ〉を日本語にした先生の添削《てんさく》を見ると、原句より、もっと力強い飛蝗の躍動感が出ました」

「そう、外来語を使うと句が軽くなりがちやねん。次に二句目〈煌めけるブルーの秋刀魚並びけり〉、これも〈ブルー〉の語が軽くて浮いて見える。きょうの秋刀魚も新鮮やったさかい、綺麗《きれい》な色してたけど、これは店頭に並んでる秋刀魚のことかな？」

「はい、そうです。なんとかその美しさを詠《よ》みたくて」

「ふむ。添削例はいろいろあるやろうけど、こんなふうにしてもええな。〈研がれたる青や秋刀魚の並びそむ〉。きょうの秋刀魚を見てもそうやったけど、なんや刃物で研がれたみたいな美しさやったな。秋刀魚が店頭に並びはじめたさかい、〈並びそむ〉としてみた。〈ブルー〉は日本語の〈青〉に置き換える。どうかな？」

「きょう秋刀魚を持ってきてよかったです。きょうの秋刀魚が、僕の添削に活かされるなんて！」

「それから三句目〈セザンヌの奇跡の林檎ミュージアム〉。セザンヌは〈林檎の画家〉と言われるくらい、美しい林檎を描くさかい、もずく君の詠みたい気持ちはわかるけど、これも〈ミュージアム〉の英語が気になるな。ミュージアムは〈美術館〉という日本語に置き換えられる。〈セザンヌ〉は人の名前やさかい、これでええんや。他に言い換えようがないさかいな。しかし、そもそもこの句の〈ミュージアム〉は省略できるやろ。セザンヌが出てきたら、ああ美術館に行って観《み》たんやなちゅうことがわかるよって。また、この句の〈林檎〉やけど、絵の中の林檎で本物やないさかい、季語としてはちょっと弱いな。それも一考せなあかん。ちなみに〈美術展覧会〉は秋の季語になってるから覚えておくように。傍題《ぼうだい》には〈二科展〉〈院展〉〈日展〉〈美術の秋〉などもあるよってに。この句はもう一度、自分で推敲《すいこう》してみなはれ」

「この句はダメな要素がたくさんありましたね……反省です。いらない事柄を削って推敲してみます」

「ほんまはわたしがぱっと添削するよりも、自分で推敲して、ああでもない、こうでもないと悩みながら句を磨いていくのが一番勉強になるんや。がんばりなはれ」

「はい！　ありがとうございます。先生、結局外来語は一句のなかに使っちゃダメなんでしょうか？」

「いや、そんなことはない。外来語は絶対禁止とは言うてないで。季語でも〈ビール〉〈メロン〉〈サーフィン〉〈ナイター〉〈キャンプ〉〈サングラス〉〈ストーブ〉など、たくさん外来語がある。しかし、それはほとんど、それ以外に言い換えがない場合が多いな。季語でなくても、たとえば、〈バス〉〈ピアノ〉〈パン〉などの外来語なんかは他に言いようがない。そんな場合は外来語を使うしかないんや。要するに必然性がある。でも、もずく君の句は、どれも日本語に置き換えられる言葉ばかりやったやろ。そんな場合は、たいてい日本語に置き換えて表現したほうが深みも品格も出る。言葉を一語一語吟味して使うことが大切なんや」

「はい！　外来語を使うときは特に気をつけます」


【ひぐらしメモ】

●添削《てんさく》と推敲《すいこう》／添削は他人が書き加えたり、削ったりして改め直すこと。推敲は自分の俳句の内容や発想、表現、助詞などについて検討し良い句に仕上げること。

7　もずく君、「てにをは」を学ぶ

もずく君がいつものように食材をたずさえて訪ねてきたにもかかわらず、ひぐらし先生は自宅の縁側で何か感心するように唸《うな》りながら「さすがやな」と呟《つぶや》いていました。

「何がさすがなんですか？　先生」

「ふむ。この本読んどったらな、高浜虚子《たかはまきょし》の句の推敲《すいこう》について触れてたんや。初案は〈晩《ばん》涼《りょう》の池の萍《うきくさ》動く見よ〉やったらしい。その後、虚子は考えて下五《しもご》は〈皆動く〉にしたそうや。それから上五《かみご》の助詞〈の〉に関して、いろいろ考えを巡《めぐ》らした。ほんで〈晩涼や〉〈晩涼の〉を経てから、〈晩涼に〉に行き着いたちゅうんや。要するに出来上がった句が、〈晩涼に池の萍皆動く〉や。〈晩涼〉と〈萍〉の季語《きご》が二つ入ってる季重《きがさ》なりや。どちらも夏の季語やけど、〈晩涼〉のほうに重きが置かれた句といえるやろ。それにしても絶妙なのは、この助詞〈に〉やがな。〈に〉ちゅう助詞を下手に使うと、とかく説明しがちな句になるんやけど、この句は〈に〉を奥深く活かしてる。〈晩涼や〉やと切字《きれじ》の〈や〉が強く働き過ぎて、その後に続く〈池の萍皆動く〉という繊細な風景と不釣り合いになる。〈晩涼の〉は一番無難な選択やけど、なんや一句全体がぼんやりしてしまう。やっぱり〈晩涼に〉なんや、この句は。この〈晩涼に〉には、涼風と夜に蠢《うごめ》く妖《あや》しげな力が含まれてる感じがするんやな。そやけど、上五を〈涼風に〉としてまうと、風が吹いたさかい萍が動いたちゅう原因と結果のつまらん説明の句になってしまう。もずく君、この〈に〉の妙味がわかるかな?」

「はい……先生の解説をお聞きして、僕《ぼく》にもなんとなくわかりました。虚子みたいな俳句の達人でも一字に悩むんですね。ほんとに助詞の使い方って難しいなあ」

「そやな。いわゆる〈てにをは〉ちゅうやつは、なかなか一筋縄ではいかんところがあるな。そやけど、初心者がついやってしまいがちな安易な助詞の使い方があるさかい、きょうはその話でもしよか?」

「はい! ありがとうございます。その前に僕が持ってきた衣被《きぬかつぎ》を茹《ゆ》でて、いつもの焼酎《しょうちゅう》でもいかがですか?」

「おお、それはええ案や。ほな、すまんけど頼むわ」

もずく君は台所で手際よく料理を済ますと、焼酎の水割りとほくほくの衣被を皿に盛ってきました。

二人で乾杯した後、早速ひぐらし先生は、小さな里芋の皮をつるりと剝《む》くと、少し塩をつけて食べました。

「うん！　この味や。この素朴な味がなんともいえん。〈衣被〉は秋の季語やな。鈴木真砂女《すずきまさじょ》は〈今生《こんじょう》のいまが倖《しあわ》せ衣被〉と詠《よ》んだけど、いやあ、わたしも幸せやなあ」

「先生に喜んでいただけてよかったです。その句でいうと、〈の〉と〈が〉が助詞ですよね？」

「そうや。〈今生〉は、この世に生きている間ちゅう意味やな。真砂女さんは、今生ちゅう長い時間のなかで、いまこの時の幸せを噛《か》みしめて衣被を味わってるんや。この句〈今生や〉としたら、〈が〉の助詞と喧嘩《けんか》してしまう。どちらも響きが強いさかいな。やっぱりここは、〈今生の〉と助詞〈の〉でやわらかく一句を包み込んであげるのがベストやな。〈の〉にすることで、〈いま〉を強調する助詞〈が〉が、はじめて活きてくるんや」

「なるほど。先生、さきほどおっしゃっていた、初心者がついやってしまいがちな安易な助詞の使い方を教えていただけませんか？」

「よっしゃ。それにしても、この衣被、ほんまうまいなあ。なんぼでも食べられるで」

ひぐらし先生はつるりと剝いては食べ、つるりと剝いては食べして、焼酎で喉《のど》を潤《うるお》してから話し出しました。

「ほな、いくつか、初心者がやりがちな例を挙げてみよか。わたしも俳句の総合誌で選者やってるけども、そうやなあ、たとえばこんな句なんか、よう見かけるな。〈雑踏で秋の蝶《ちょう》舞ふ高さかな〉、〈朝顔やうつむく顔も可憐《かれん》なり〉、〈とんとんと空気を打つは石たたき〉、〈鰡《ぼら》が飛ぶ一瞬の背に星明り〉。もずく君、どうかな?」

「どれも、一見俳句になっているように思いますが」

「一見そう見えるかもしれんが、特に助詞を注意して見てみると、再考せなあかん句ばっかりや。まず一句目、〈雑踏で秋の蝶舞ふ高さかな〉やけど、この〈で〉があかん。切字〈かな〉を使ってるのに、この〈で〉があることでこの句の品格が下がり、調べが悪くなる。〈で〉をやめて、〈に〉か〈の〉にしたい。どちらでも〈で〉よりはマシになるけど、〈に〉のほうが〈雑踏〉をきちんと示し、こんな雑踏に秋の蝶がおるんやなあという驚きにもつながる。〈雑踏に秋の蝶舞ふ高さかな〉」

「〈で〉と比べると、響きも良くなりましたし、説明臭さもなくなりましたね。やっぱり助詞って大事だなあ」

「二句目は、〈朝顔やうつむく顔も可憐なり〉やけど、もずく君、この句をどう読み取る?」

「そうですね、ちょっとわからないのが、〈うつむく顔〉というのが、朝顔のことを言っているのか、それとも誰か人間のことを言っているのか、よくわかりませんね」

「そやな。〈朝顔や〉と切字の〈や〉があるさかい、ここで意味が切れてるように見えるんや。朝顔がちょっとしぼんで、そのうつむいた花の様子も可憐やちゅうことか、朝顔やのうて、愛《いと》しき君のうつむく顔が可憐やさかい、朝顔と取り合わせたのか、はっきりせんのや。もし朝顔が可憐なんやったら、もずく君ならどう推敲する？」

「う～ん、難しいですが、そうですね、〈朝顔のうつむく顔も可憐かな〉というのはいかがでしょうか？」

「うん、まあ原句よりもマシになったな。そやけど、わたしやったら、もっと手を加えたい。この〈顔〉ちゅう擬人《ぎじん》的表現と〈可憐〉が気になるんや。可憐ちゅうたら、それがもう答えみたいなもんやろ。可憐と言わずに、この朝顔は可憐やと読み手に思わせたい。たとえば、こんな推敲はどうや？　〈朝顔のうつむく青の深さかな〉」

「わあ、すごいです！　原句とは見違えるほど良くなりましたね！」

「助詞〈も〉の説明的な響きもなんとかしたかったさかい、〈の〉にしてみた。〈うつむく〉ちゅう擬人法を最大限活かしつつ、可憐を〈青の深さ〉ちゅう具体的な色で見せてみたんや。まあ、あくまで推敲の一例として参考までに。ほな、三句目〈とんとんと空気を打つは石たたき〉やけど、この句は〈は〉が気になるな。〈とんとん〉ちゅう擬音語《ぎおんご》がなかなかかええだけにもったいない。この句は、説明している〈は〉をやめて、切字の〈や〉に置き換えたらええと思う。〈とんとんと空気を打つや石たたき〉。〈石たたき〉は秋の季語で鶺鴒《せきれい》のことや。庭たたきとも言うけど、長い尾を上下に振って、石や庭を叩《たた》いているように見えるさかい、その名があるんや」

「鶺鴒、かわいいですよね。たしかに中七の〈や〉を効《き》かすだけで、〈とんとん〉の擬音語がより響きますね」

「四句目は〈鯔が跳ぶ一瞬の背に星明り〉やけど、〈鯔〉が秋の季語やな。よくジャンプする魚やけど、〈が〉と〈に〉が説明臭い。わたしなら、こんな推敲するな。〈が〉を〈の〉にして、〈に〉を削る。〈跳ぶ鯔の背びれ一瞬星明り〉」

「なるほど、句のリズムが引き締まりましたね。〈てにをは〉にもっと気をつけて、繊細に推敲しなければ」

8　もずく君、感情表現を学ぶ

ひぐらし先生ともずく君は、お互い焼酎《しょうちゅう》の入ったグラスを手にして先生宅の縁側に座り、向こうの山の燃え上がる紅葉《もみじ》を見ていました。二人のあいだにある七輪《しちりん》の上では、潤目《うるめ》鰯《いわし》がいい色合いに焼き上がってきました。

もずく君の作った突きだしの切干し大根をつまみながらひぐらし先生は、

「なんやしらん、この切干しを食べとったら、日野草城《ひのそうじょう》の〈切干やいのちの限り妻の恩〉ちゅう句が、ふっと浮かんできてな。死んだ妻の顔まで浮かんでくるわ。妻の作ってくれた切干しもうまかったけど、もずく君のもええ味しとる。いつもすまんな、おおきに」

「いいえ。僕《ぼく》は先生に喜んでいただければ幸せなんです。こちらこそ、いつもご指導ありがとうございます」

二人は微笑《ほほえ》み合うと、焼酎のグラスをかかげました。

「〈見渡せば花も紅葉もなかりけり浦の苫屋《とまや》の秋の夕暮れ　藤原定家《ふじわらのていか》〉か。あの山の紅葉ももうすぐ終わるんやな。この丘の上の拙宅も漁師の小屋みたいなもんや」

「先生、この立冬《りっとう》を過ぎたあたりの十一月という時期は、秋が終わる淋しさと冬へ向かってゆく感情が入り交じった不思議《ふしぎ》な季節ですね」

「そやなあ。たしかに季節のはざまの淋しさがあるもんやなあ。いや、すっかりセンチメンタルになってしもた。あ、もずく君、潤目が焼けとるがな！」

二人は熱々の潤目鰯の塩焼きを頬張《ほおば》りました。

「おっ、なかなか脂ののった潤目や。こりゃ、うまいわ」

「ほんとですね。ところで先生、ある俳句入門書を読んでいると、俳句では淋しいとか嬉《うれ》しいとか、感情をストレートに表現してはいけないと書いてありましたが、やっぱりそうなんでしょうか？」

「時と場合によるな。その入門書ではたぶん、初心者はすぐに一句のなかに淋しいやの嬉しいやのとストレートに表現しがちやさかいに、そう書いてあるんやろ。そやけど、一概に禁止とは言えんのや」

「先生のお言葉を聞いて安心しました。少し自分のなかで混乱していたんです。たとえば、芭蕉《ばしょう》の〈おもしろうてやがてかなしき鵜舟《うぶね》かな〉なんて有名な句は、〈おもしろう〉と〈かなしき〉という二つもの感情をストレートに表した語をそのまま一句に表現しているのに、なんで入門書ではダメだと書いてあるのかと思っていたんです」

「もずく君の今言うたことは正論やな。逆に言うと、その鵜舟の句は、感情をストレートに表した語を使ったからこそ、現代のわたし達の胸をも打つ抒情《じょじょう》的な名句になったんや。謡曲『鵜飼《うかい》』の文句を下敷きにしつつも、長良川《ながらがわ》の鵜飼の様子を、感情を表す語だけで見事に言い表したといえる。わたしも鵜飼を見たときは、ほんまに芭蕉の句そのままの気持ちになったもんや。最初は、さあ、鵜飼が始まるぞとわくわくする気持ちになるんやけど、始まってしばらくすると、鵜が鮎《あゆ》を必死になって獲ろうする光景に、悲しみが滲《にじ》んできたんや。人間も鵜も獲られる鮎も〈あわれ〉に思えてしゃあないような」

「芭蕉はやっぱりすごいですね。僕も鵜飼を見てみたいなあ。先生、他に感情表現を使った句はありますか？」

「芭蕉ときたら、次は蕪村《ぶそん》でいこか。〈夏河を越すうれしさよ手に草履《ぞうり》〉。この句も率直な〈うれしさよ〉に、蕪村の表情まで見えてくるなあ。〈よ〉が切字《きれじ》の役目を果たしていて、蕪村の弾むように徒《かち》渡る様子が思い浮かぶ。手に持った草履もきっと弾んで揺れてるはずやな」

「先生の評を聞いていると、〈うれしさよ〉の表現が生き生きと響いてきますね。次は、一茶《いっさ》ですか？」

「ふむ。一茶やと〈淋《さび》しさに飯をくふなり秋の風〉ちゅう句の〈淋しさ〉が効《き》いてるな。この句は、芭蕉の〈朝顔に我は飯くふ男かな〉を踏まえてると思うんやけど、一茶のほうが、庶民的な孤独が滲んでるなあ。一茶の句を見てると、わたしももずく君も、いつも淋しいさかいに一緒にご飯を食べる感じがせえへんか?」

「たしかに。淋しさを食べることで紛らわしてるような趣《おもむき》がありますね。また、秋の風が切ないですね」

「いま挙げた芭蕉、蕪村、一茶は江戸時代の俳人やけど、近代から現代の俳人でも喜怒哀楽の語を素直に取り入れた句はけっこうあるもんや。たとえば、富安風生《とみやすふうせい》の〈よろこべばしきりに落つる木の実かな〉なんか、実に率直で子どものような詠《よ》みぶりやな。〈よろこべば〉が感情を表す語で、〈木の実〉が秋の季語《きご》や。でもこの句なんか下手に作ると、〈たくさんの木の実の落ちてうれしきよ〉みたいになってしまう。初心者の作りがちな句で、〈たくさんの木の実の落ちて〉ちゅう原因のあと、〈うれしきよ〉と感情の語を持ってきて結果を示してしまうんや。全部説明してしまっている。これでは〈うれしきよ〉の感情表現が全く活きてけえへんねん。風生の句は一見、原因と結果の句に見えるけど、そうやない。喜んだからといって木の実は落ちてこんのや。そやけど、まるで自分の喜ぶという感情に沿うように、木の実が落ちてきたと感じ取ったのが、風生独自の感性なんやな」

「なるほど。今、先生が示してくださった悪い例句《れいく》と風生の句を比べてみると、感情表現をいかにして一句のなかで活かせばいいのかというヒントになりますね」

「もう少し例句を挙げてみよか。〈受験期や少年犬をかなしめる　藤田湘子《ふじたしょうし》〉の〈かなしめる〉は、〈悲しめる〉ちゅうよりも〈愛しめる〉の漢字を当てたい。春の季語〈受験期〉は、特に少年にとって孤独でよりどころを求めている。受験を控えたこの寄る辺ない気持ちを誰かと分かち合いたい。たぶんそんな心持ちで、犬を愛おしみ、可愛がってるんやろう。受験期という特別な状況のなかでこそ生まれる少年と犬との深い交流ともいえるやろうな。〈かなしめる〉という率直な感情表現がやっぱりええ」

「僕も犬を飼っていたので、この少年の気持ちがよくわかります。僕も犬のポン太に愚痴を言ったり甘えたりして、ずいぶん助けられたなあ」

「こんな句もあるで。〈町落葉何か買はねば淋しくて　岡本眸《おかもとひとみ》〉。季語は〈落葉〉で冬やけど、もずく君、この句は説明せんでもなんとのうわかるやろ？」

「こういう気持ちになる人、けっこう多いんじゃないですかね。街路樹も落葉して、一人雑踏のなかを歩いている風景が浮かんできますね。特に買わなければいけない物はないんだけど、街をそぞろ歩いているだけではなんだか淋しくなってくる。たとえば服屋さんに入って、試着してみたり店員さんと少し言葉を交わすだけでも、この淋しさをまぎらすことができるんじゃないか。何か物を買ったという物欲を満たすことで、淋しさを押しやるみたいな、そんな人間の心模様が見えてきました」

「ほお、もずく君の鑑賞も腕を上げてきたな。いや、感心して聞いとった。この句の〈淋しくて〉というぽんと置いた感情表現もさりげなく実によう効いてる」

「きょうも先生のおかげで、感情表現を活かした句も詠んでいいんだということがよく理解できました」

「まあ、使うときは慎重にな。どんな表現でもそうやけど、句のなかで活きてこそや。感情表現を活かせる句が詠めるようになったら、上達した証拠かもしれへんな」

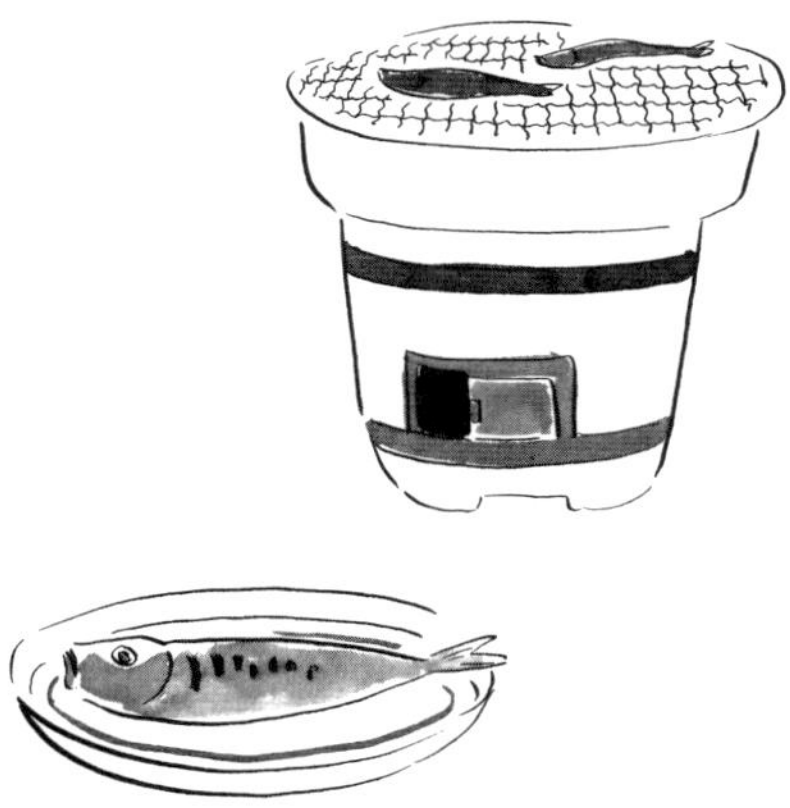

9　もずく君、色の詠み方を学ぶ

「ああ、もずく君、ええとこに来てくれた。なんや風邪《かぜ》引いてしもてな。ヘッ、ヘッ、ヘックッション！」

もずく君がいつものようにひぐらし先生のお宅を訪ねると、褞袍《どてら》を羽織った先生がのろのろ出てきました。

「先生、大丈夫ですか？　ぐっすり寝て休まれたほうがいいですよ。きょうはおいとましますから」

「いや、もう散々寝たんや。ちょっと食べてから風邪薬飲んで、また寝よかと思てな。そやけど、あんまり食欲ないしなあ。もずく君、うまいもん作ってくれへんか」

「おやすい御用ですよ。何かあったまるものでも作りましょう。先生は炬燵《こたつ》のなかで休んでいてください」

「すまんな。おおきに。ヘッ、ヘックション！」

やがて、ひぐらし先生が炬燵に入って待っていると、

「お待たせしました。鶏肉入り根深汁《ねぶかじる》をどうぞ。たっぷりの葱《ねぎ》と生姜《しょうが》もすり下ろして入

れましたから体が温まりますよ。〈根深汁〉は冬の季語《きご》でしたね」

「おお、ありがたい。風邪のときは葱が一番やな。忘れとったわ。〈葱〉も〈根深汁〉も冬の季語やな。〈根深汁一ト日寝込めば世に遠し〉か。全く安住敦《あずみあつし》の句の通りや。急に世間から取り残されたみたいや。そやけど、もずく君が来てくれたさかい、世の中が戻ってきてくれたわ」

ひぐらし先生は根深汁を美味《おい》しそうに食べながら、「これはええ。体に染みわたるわ」と呟《つぶや》きました。

「先生、僕《ぼく》は台所で葱を刻みながら、黒田杏子《くろだももこ》さんの〈白葱のひかりの棒をいま刻む〉を思い出していました。ただの葱じゃなくて、白葱と詠《よ》んだところがいいですね」

「もずく君もついに俳句を暗唱するようになったか。感心、感心。その句は白という色を出して、〈ひかりの棒〉を強調して際立たせたんや。白がよう効《き》いてるな」

「たしかに。歳時記を見ていると、けっこう色を活かした句が出てきますよね。きょうは色の俳句についてお訊《き》きしようと思っていたのですが、先生のお体にさわるのでそろそろ帰りますね」

「いやいや、大丈夫や。根深汁が早速効いてきたさかい。食欲も戻ってきたわ。おかわりくれるかな？」

ひぐらし先生が二杯めの根深汁を飲み干して落ち着いた頃、もずく君は茶碗《ちゃわん》を先生の前に差し出しました。

「おっ！　酒か。いや、これは玉子酒やな。我が弟子ながら、よう気がつくな。ああ、全身に滋養が巡っていくようや。やっぱり俳句談義には酒がないとなあ」

「はい。僕も玉子酒にしました。意外にいけますね。〈玉子酒〉も冬の季語でしたね。僕は、〈かりに着る女の羽織玉子酒　高浜虚子《たかはまきょし》〉が好きですね。粋《いき》な句ですよね」

「そうやな。わたしが着てるむさくるしい褞袍では句にならんわ。〈褞袍〉も冬の季語やけど、きのうそれを引っ張り出して、外に干してるときに〈干してある褞袍の裏のさみしき赤　福神規子《ふくじんのりこ》〉ちゅう句を思い出して、ほんま独り暮らしの侘《わび》しい気持ちになったで」

「その句にも〈赤〉の色が入っていますね。しかも先日、先生に教えていただいた感情表現の〈さみしき〉と合わさって詠まれていますね」

「〈さみしき赤〉の表現は、褞袍ちゅう防寒具の本意を突いてる気がするな。色としては赤は派手やのに、褞袍にそれを見ると、なんや淋《さび》しさが先に立つ。下五《しもご》の字余《じあま》りにも不思《ふし》議《ぎ》に寂寥感《せきりょうかん》が醸《かも》し出されてる気がするなあ。赤ちゅうたら、この句を忘れたらあかんで。〈くれなゐの色を見てゐる寒さかな　細見綾子《ほそみあやこ》〉。どうや？」

「作者は何を見ているんでしょうね。その抽象的な描き方が、この句の魅力になっているように思いますが」

「この抽象に徹したのが、この句の大胆さであり繊細さなんやろな。俳人の藤田湘子《ふじたしょうし》は〈この句が単純明快だけれど滋味深いのは、すべて「くれなゐ」によるものです。「くれなゐ」がどんな物のそれなのだなどと詮索《せんさく》しないで、ただひたすら読んでみることです〉と言うてるな。それから〈この句ははじめから、意味を訴えたり求めようとしたものではありません〉とも述べてる」

「そっか……何を見ているかなんていうのは邪推《じゃすい》だったんですね。反省です」

「いや、ええねん、それは自由に発想して。そやけど、まずは〈くれなゐ〉の色そのものを純粋に感じ取れと言いたいんやろ。その後に花の色が見えてきても、絨毯《じゅうたん》の色が見えてきても自由や。まあ、それだけこの句は〈くれなゐ〉の色が肝心ちゅうことや。透徹《とうてつ》した美しさと〈くれなゐ〉を見つめる眼差しの強さが感じられる句やな。この作者は他にも色を詠んだええ句を残してるんや。たとえば〈そら豆はまことに青き味したり〉。この句のほうが、くれなゐの句よりもわかりやすいかもしれんな。しかし、〈青き味〉とは言い得て妙。詠めそうでなかなかこんなにさらりと詠まれへんぞ。〈菜の花がしあはせさうに黄色して〉。この〈黄色して〉に楽しげな弾みがあるがな。〈しあはせさうに黄色かな〉ではあかんねん。それでは幸せそうな弾みが出えへんのや。〈青りんごたゞ一個買ふ美しく〉

ちゅう句もあるさかい、作者はとにかく色に注目して敏感に反応する人やったんやろなあ」

「どの句の色も生き生きしてますね。細見さんの色彩感覚すごいなあ。他に色を詠んだ句はありますか？」

「〈寒の鯉《こい》身をしぼりつつ朱をこぼす　鍵和田《かぎわだ》秞子《ゆうこ》〉なんてどうやろ。〈寒鯉《かんごい》〉が冬の季語や。水温が下がると、鯉はじっと動かんようになったり、動いても鈍い感じになるけど、この句は厳しい寒さに堪えながら、鯉が自《みずか》らのいのちを必死に持ちこたえようとしてるみたいに見える。〈朱をこぼす〉ちゅう表現は美しいけど、〈身をしぼりつつ〉やさかい、いのちを削りながら朱をこぼしてる感じがするねんな。錦鯉の極限の美ともいえるやろ」

「この朱は鮮烈だけど、どこか生き物の生きる苦しみを感じさせますね。鯉だけじゃなくて、人間もこんなときがあるなあと思いました」

「そやな。人間にも身をしぼって困難に堪えるときがあるな。ほな、鯉の次は馬でいこか。〈馬の瞳《め》も零下《れいか》に碧《あお》む峠口　飯田龍太《いいだりゅうた》〉。〈零下〉は歳時記にないけど、作者は冬の季感を認めて使ってるんやろ。この句の峠口は作者の自解によると、故郷の山梨の春日山《かすがやま》らしい。〈馬の瞳も〉ちゅうことは、人間の瞳も碧んでるのかもしれんし、厳冬の大気も碧んでるのかもしれへんな。この馬は炭を背中に積んで峠を越えようとしてるんや。そやさかい、その苦しみと冬の澄み通った山気によって、馬の瞳は碧んでるんやろ。馬の哀しみが見て取れる碧やなあ。この碧も一句の眼目になってる。ヘッ、ヘックション！」

「先生、大丈夫ですか？　きょうはお風邪を引かれてるにもかかわらず、色の俳句の妙味を教えていただきありがとうございました。僕も色の句、作ってみます！」

「その意気やで。色彩を詠んでも一句のなかで、その色がくすんでしもたらあかんで。その色が読み手の胸に広がるような色使いで詠まなあかん。きょう挙げた色の句を手本にして、もずく君自身の美意識が出た句を目指しなはれ。さて、玉子酒も効いてきたさかい、そろそろ寝るわ。もずく君にも移したら悪いさかい、用心して薬も飲んどこ。〈迷惑をかけまいと呑《の》む風邪ぐすり　岡本眸《おかもとひとみ》〉」

10　もずく君、新年の季語を学ぶ

元日。二人は丘の上にある先生宅の庭先に並んで、早朝のまだ薄暗い遠くの山の端を凝視していました。

「ひぐらし先生、そろそろ太陽が昇る時間ですよ。僕《ぼく》は今まさに、鈴木真砂女《すずきまさじょ》の〈初日の出待つときめきは恋に似て〉という句の心境です。恋のようにドキドキです」

「わたしもや。おっ、来たぞ！　稜線《りょうせん》から光が広がってきた。おお、なんちゅう神々しいまばゆさなんや」

二人はぐいぐい昇ってくる初日の出に強く心を奪われ、思わずその光芒《こうぼう》に向かって拍手《かしわで》を打ちました。

「先生、明けましておめでとうございます。今年は年男なので、さらに俳句を磨きたいと思います」

「もずく君、明けましておめでとう。亥《い》の年か。猪突猛進《ちょとつもうしん》、これからも俳句の道をしっかり進んでいきなはれ」

「はい！　この新年の改まった空気、いいですよね」

「〈淑気《しゅくき》〉やな」

「シュクキ？　なんですか、それは？」

「新年の季語《きご》や。新しい年を迎えると、なんや天地が清らかな、荘厳な、めでたいような大気が満ちるようやろ。特にこんな素晴らしい初日の出を拝むと、そんな雰囲気《ふんいき》を感じやすい。それが淑気や。『俳句歳時記』では春夏秋冬に加えて、新年ちゅう別立てがある。それだけ新年は特別で、新年だけにしかない季語が多いんや。新年は短いさかい、できるだけ意識的に新年の句を作り、季語を学んだほうがええな。もずく君もいま、淑気の季語を覚えたさかい、たとえば、〈遠山の折り目正しき淑気かな　伊藤敬子《いとうけいこ》〉ちゅう句の鑑賞もできるやろ？」

「わかります。もう向こうの山から朝日は現れましたが、たしかに元日の早朝の山にも淑気を感じますね。ぴしっと引き締まった山容に見えます。あ、鴉《からす》が鳴いてますね。元日から鴉なんて、めでたい感じじゃないですね」

「その逆や。〈初鴉〉ちゅうてな、新年の季語でめでたいもんなんや。一般的に鴉は不吉とされたりするけど、特に熊野地方では八咫烏《やたがらす》いうて、神の使いであり瑞兆《ずいちょう》とされてる。ようあの鴉見てみなはれ。〈飛ぶといふこと美しき初鴉　倉田紘文《くらたこうぶん》〉、この句のようにも見えるやろ」

「なるほど。新年は見るもの聞くものをめでたいと感じていく心の働きが大事にされるのですね」

「その通りや。さて、新年早々、お腹がすいたな」

「お雑煮《ぞうに》でも作りましょう。先生、きょうは特別なお水があるんですよ。近所の八幡神《はちまん》社の井戸で汲《く》んできたんですけど。ちょっと甘みがあって美味《おい》しいんです」

「お！　縁起がええな。新年の季語〈若水《わかみず》〉やないか」

「ワカミズ？」

「若水とは元日の朝に汲む水のことや。蛇口から出る水道水は若水とは言い難《がた》い。まさに井戸から汲み上げた神聖な水が若水や。しかも、もずく君は年男。〈年男〉も季語やけど、むかしから若水は年男が汲むもんなんや」

「そうなんですね！　それは偶然の一致ですね。しかし無知とは恐ろしいものです。若水、覚えました」

「その若水で手や顔を洗うことを〈初手水《はっちょうず》〉という。これも新年の季語や。せっかく若水を汲んできてくれたんや。雑煮の前に〈大服《おおぶく》〉をいただこうか」

「オオブク？　すみません、元日から質問ばかりして！」

「いや、わたしもわざと新年の季語を使うてるんや。もずく君に覚えてもらおう思うてな。大服は若水を沸かした煎《せん》じ茶のことや。そこに梅干しや山椒《さんしょう》や昆布《こんぶ》なんかを入れる。〈福茶《ふくちゃ》〉ともいうて、一年の悪気を払うんや。ちなみに若水を沸かすことを〈福沸《ふくわかし》〉といい、それを沸かす鍋を〈福鍋《ふくなべ》〉という。なんでも季語になってるやろ」

もずく君は早速、雑煮の下準備を整えると、先生から習った大服茶を作り、二人で炬燵《こたつ》に入って頂きました。

「ああ、身に染みる美味しさや。〈大服茶やひとのなさけにながらへて　日野草城《ひのそうじょう》〉。まさにもずく君のなさけ、思いやりを感じる一服や。この若水のふくよかなこと。長生きしそうな深い味やな。ほんま、おおきに」

「いえ、こちらこそ大服という素晴らしい正月の習俗を教えていただき感謝します。あれ、先生、天井ですかね？　なにかごそごそしてますね。ねずみかな？」

「あかん、あかん。三が日はねずみのことを〈嫁《よめ》が君《きみ》〉と言わな。忌《い》み言葉いうてな、言葉の持つ不吉な意味合いを避けて、別の名で言い換えるんや。ねずみの語源は、〈根棲《ねず》み〉＝死者がゆくとされる根の国に棲むものとか、〈寝盗〉＝寝ているあいだに盗むことなど、諸説あって縁起がようない。そやさかい、〈嫁が君〉いうて、家に大事な嫁が来たように待遇するんや。〈一夜明け嫁が君とは呼ばれけり　清水基吉《しみずもとよし》〉ちゅう句があるけど、年明けとともにねずみの呼び名が、嫁が君になるのはちょっと不思議《ふしぎ》なもんやな。日本人がどれほど言葉を大事にしてきたかがわかる。言葉に宿る霊威を言霊《ことだま》いうけど、むかしから日本人はこの言霊信仰を持ち続けてきたんや」

「なるほど。すごく勉強になります。嫁が君か。一句にするのはなかなか難しそうな季語ですね。さあ、雑煮の用意をしますね。先生、しばらくお待ちください」

やがて、もずく君特製の具だくさんの雑煮が炬燵に運ばれてきました。

「先生は関西の方ですから、丸餅《まるもち》だと思うのですが、ちょっと手に入らなくて角餅になりました。すみません。でも、関東の清《す》まし汁風ではなくて、関西風の白味噌《しろみそ》仕立てにしました。どうぞ、お召し上がりください」

「気遣《きづか》うてくれてありがとう。祝膳《いわいぜん》とされる〈雑煮〉も新年の季語や。〈やはらかに生き熱く生き雑煮餅　林翔《はやししょう》〉、この句のように今年も生きたいもんやな。もずく君、ちゃんと〈太箸《ふとばし》〉も用意してくれたんか。〈雑煮箸〉〈祝箸《いわいばし》〉、柳で作るさかい〈柳箸《やなぎばし》〉ともいうな。まだまだ新年の季語はぎょうさんあるさかい、よう勉強するように」

ひぐらし先生は「滋味、滋味」と呟《つぶや》きながら、もずく君と一緒に雑煮をありがたくいただきました。

「ところで先生、これ、見ていただけますか？」

やおら、もずく君はバッグから俳句雑誌を取り出すと、投稿欄を開いて、先生のほうに差し出しました。

「おっ、やるやないか！　竹富《たけとみ》さんの秀逸に選ばれたか！　夏に円城寺《えんじょうじ》さんの佳作に選ばれてたけど、今度は秀逸にレベルアップしよったな。でかしたぞ」

「ありがとうございます！　ご指導のおかげです」

「いや、もずく君の努力の賜物《たまもの》や。〈知らぬ子のまだ門にをり時雨《しぐれ》けり〉か。うむ、趣《おもむき》深いええ情景を一句にしとる。〈知らぬ子のまだ門にをる時雨かな〉と綺麗《きれい》にまとめへんかったのが、逆に良さになってる。〈時雨けり〉のほうが、〈知らぬ子〉が時雨に打たれてる淋《さび》しさが際立つな。〈り〉の重なりもこの句のリズムにぴったりや」

「恐縮です。子どもの頃、一人で留守番をしていたとき、家の門の前に僕と同じくらいの年恰好《としかっこう》の少年が立っていたんです。雨のなか、親に追い出されたのか、家出してきたのか。寒そうだったから、家に入れてあげたほうがいいかなと思ったんですけど、ちょっと眼を離した隙《すき》にいなくなったんです。そんな光景を一句にしました」

「そういう思い出も時に一句になるもんやな。よし、元日からめでたいぞ！　さあ、お屠蘇《とそ》で祝おうやないか」

11　もずく君、挨拶句を学ぶ

「先生、おはようございます！　立春《りっしゅん》過ぎたばかりですが、まだまだ寒いですね」

土曜の朝十時頃、ひぐらし先生宅を訪れたもずく君が玄関で元気に挨拶《あいさつ》しました。すると、二階の書斎から、

「おはようさん！　俳句は挨拶なり！」

と、ひぐらし先生の声が返ってきました。

「え？　先生！　それどういう意味ですか？」

「今、原稿書いてるさかい、また、あとでな！」

もずく君は、「失礼しました。では、昼食の準備してますので」と二階に返事をして台所に立ちました。

やがて、お昼時にひぐらし先生が肩をぐるぐる回しながら二階から降りてきました。

「いやあ、やっと片づいたわ。肩ゴリゴリいうてるやろ」

「お疲れ様でした。先生、お肩を揉《も》みましょう」

もずく君は、炬燵《こたつ》に座ったひぐらし先生の首筋から両肩を丁寧《ていねい》に揉みほぐしていきまし

た。

「おおきに。料理もやけど、肩揉みもうまいもんやな」

「先生、だいぶ凝ってますね。きょうのお昼は、白魚の天麩羅《てんぷら》と鮒膾《ふなます》ですからお楽しみに」

「なんと豪華な昼食やねん。しかも鮒膾は初めていただくなあ。〈船人の近江《おうみ》言葉よ鮒膾　高浜虚子《たかはまきょし》〉か」

「この鮒も滋賀の友人が琵琶湖《びわこ》で獲れたのを送ってくれたんです。ところで先生、先ほど、俳句は挨拶なりっておっしゃってましたけど、どういう意味でしょうか？」

「よし、きょうは挨拶句の話しよか。その前に豪華な昼食をいただこう。先《ま》ずはいつもの……」

「はい、焼酎《しょうちゅう》ですね。では、天麩羅も揚げますね」

もずく君が手際よく天麩羅を揚げ終わり、テーブルに料理が出揃《でそろ》うと、二人は焼酎で乾杯しました。

「さて、揚げたての白魚の天麩羅を。うん、これはええ！　わたしは生よりもむしろ、こっちのほうが好みやな。それから鮒膾も……うん、これもいける。鮒も新鮮なうえに、またこの酢味噌《すみそ》がええ味加減なこと。いやあ、昼からこないな贅沢《ぜいたく》してええんかいな」

「僕《ぼく》の料理は、先生への俳句のレッスン代でもありますからいいんですよ。喜んでいただけてよかったです」

「そのレッスンやけどな、きょう玄関でもずく君が、〈おはようございます。立春過ぎたばかりですが、まだまだ寒いですね〉と挨拶したやろ。高浜虚子はそれを存問《そんもん》いうて、まあ存問は挨拶とほぼ同義と考えたらええねんけど、〈お寒うございます〉とか〈お暑うございます〉ちゅう〈日常の存問が即ち俳句である〉と説いたんや」

「なるほど。もう少し具体的に教えてください」

「そやな。さっき言うた〈船人の近江言葉よ鮒膾〉ちゅう句も挨拶といえる。それは近江ちゅう地名を、もしくは近江言葉ちゅう方言を詠《よ》むことで、その場所と人とを讃《たた》えてるんや。〈よ〉の切字《きれじ》の詠嘆《えいたん》が讃辞《さんじ》を示してるな。もちろんその土地の名物〈鮒膾〉を詠むことも挨拶や。要するにこの一句をもって場所と人に対して、虚子は快い挨拶を贈ってるねん。もし、もずく君が近江の人やったら、こんな句を贈られたらどう思うやろ？」

「やっぱり嬉《うれ》しいですね。僕も何かお返ししたい気持ちになります」

「そやろ。できれば返歌したいな。それが挨拶の気持ちやねん。かの芭蕉《ばしょう》も旅をしながらその土地土地で歌仙《かせん》を巻いて、発句《ほっく》（歌仙の最初の一句目）に挨拶の気持ちを込めたんや。たとえば、『おくのほそ道』で最上川《もがみがわ》に立ち寄ったとき、芭蕉は発句で〈五月雨《さみだれ》を集《あつめ》て涼し最上川〉と詠んだ。これは高野一栄《たかのいちえい》邸に招かれたさかい、一栄さんに挨拶の気持ちを込めて詠んだんや。五月雨のなかを流れる最上川はなんと涼しげでええ趣《おもむき》なんやろうちゅう気持ちやな。それに一栄さんも脇句《わきく》（発句の次に来る句）でこう応えた。〈岸にほたるを繋《つな》ぐ舟杭〉。芭蕉ちゅう大事なお客様を蛍に見立てて歓待したんやな。この二人の句のやり取りがまさに挨拶やねん」

「たしか、芭蕉のその句、『おくのほそ道』では〈五月雨をあつめて早し最上川〉ではなかったでしたっけ？」

「そうや。芭蕉は一栄さんへの挨拶としては、〈涼し〉のほうが気持ちがよう伝わるさかい、歌仙ではそう詠んだけど、一句としての完成度を考えたときに〈早し〉という最上川を的確に、そして雄大に捉《とら》えた表現のほうを選択したんや。それがまた芭蕉のすごいとこやねんな」

「ほお、さすが芭蕉ですね！　挨拶句っておもしろいなあ。先生、他にも挨拶句、教えてください！」

「よっしゃ。『おくのほそ道』からも一つ、〈あらたふと青葉若葉の日の光〉の句を見てみよか。この句は日光東照宮にお参りしたときの句や。なんて尊いんやろう、この日の光に輝く青葉や若葉は、ちゅう意味や。さて、もずく君、この〈日の光〉はただの日差しのことかな？」

「先生、それ知ってます！　日光の地名を〈日の光〉に掛けてるんですよね。そっか、この句も挨拶句なんだ」

「ご名答。そう、この句は〈日の光〉と地名を詠み込みつつ、そこの自然である青葉若葉を讃えることで、その土地と東照宮の威厳を讃嘆してるんや。挨拶句とは人にも土地や自然にも心を込めて詠まれるもんなんや」

「おもしろいだけじゃなくて、挨拶句、深いですね」

「次は明治の頃の挨拶句のやり取りを紹介しよか。ある時、修善寺《しゅぜんじ》温泉におった高浜虚子に松根東洋城《まつねとうようじょう》からこんな電報が届いた。東洋城は虚子の結社「ホトトギス」に入っとった俳人や。その電文が〈センセイノネコガシニタルヨサムカナ〉＝〈先生の猫が死にたる夜寒かな〉やった。先生とは夏目漱石《なつめそうせき》のことで、猫はあの『吾輩は猫である』のモデルの猫や。その電報を受け取った虚子は即座に〈ワガハイノカイミヨウモナキススキカナ〉＝〈吾輩の戒名もなき芒かな〉。と返電したんや。当意即妙《とういそくみょう》とはこのことやとは思わんか。文芸評論家の山本健吉《やまもとけんきち》が〈俳句は滑稽《こっけい》なり。俳句は挨拶なり。俳句は即興なり〉と提言したけど、この虚子と東洋城のやり取りにも挨拶と即興ちゅう要素が含まれてるな。猫の悲しい死やけど、この二人のやり取りには哀悼《あいとう》の意を含ませながらも、どこか滑稽味もあって、おどけた様子もうかがえるねん」

「そうですね〜、とても粋《いき》なやり取りですね」

「虚子にはこんな挨拶句もある。〈たとふれば独楽《こま》のはぢける如《ごと》くなり〉。詞書《ことばがき》には〈碧《へき》梧桐《ごとう》とはよく親しみよく争ひたり〉とあるんやけど、長く交遊を持った河東《かわひがし》碧梧桐への追悼《ついとう》の気持ちを込めて詠んだんや。碧梧桐は昭和十二年二月一日に逝去。〈碧梧桐忌〉、〈寒明忌《かんあけき》〉として冬の季語《きご》にもなってるな。虚子と碧梧桐はライバル同士やったさかい、二つの独楽が触れ合い、時には喧嘩《けんか》した様子に二人の関係性をたとえたんや。虚子の碧梧桐への複雑ともいえる友情が見事に表れた追悼句であり挨拶といえる」

「先生のお話を聞いていて、僕も挨拶句を詠めたらいいなと思いますが、いざ詠むとなると難しそうですね」

「まず相手のことをよう思て心を込めて作ることが肝心やな。実際心を込めるには表現技術も必要やけど、どの季語を選ぶかも大事な要素かもしれん。挨拶句は手紙や年賀状にはもちろん、冠婚葬祭にも使えるもんや。ええ挨拶句が詠めたら、ほんま粋でかっこええもんやで」

12　もずく君、挨拶句を贈る

ひぐらし先生は縁側に座って、庭の染井吉野《そめいよしの》を見ていました。今年は暖かいせいか、桜の開花宣言も早まりそうだというニュースを耳にした先生は、三月も半ばになって毎日一度は桜を眺めるひとときを持ちました。

「先生！　こんにちは！」

そんな日曜日の昼下がり、いつものようにもずく君の声が玄関先で聞こえてきました。

ひぐらし先生は弟子の来訪に嬉《うれ》しそうに縁側から腰を上げると、玄関に歩を運んで扉を開けました。

「どないしたんや、その恰好《かっこう》？　きょうは日曜やで」

ひぐらし先生はもずく君のスーツ姿を見つめました。

「先生、これ、つまらないものですが、どうぞ」

「なんや、急に改まって。ちょっと気色悪いなあ」

ひぐらし先生は、もずく君にことわって、発泡スチロールの箱を開けました。

「おっ！　立派な栄螺《さざえ》やないか。それに大きな桜鯛《さくらだい》。きょうはまた豪勢な。いつもすまんなあって、ちょっと待てよ。たしか、以前にこれと似た場面があったな」

先生はもう一度、スーツ姿のもずく君を見つめました。

「あ、もずく君が初めて訪ねて来た日とそっくりやがな！　近所に引っ越してきたもずく君が挨拶《あいさつ》に来て、あの時もわたしの大好物の栄螺を持ってきてくれたな。突然、先生、弟子にしてください、言われたときは、ほんまびっくりしたで。なんや、懐かしいなあ」

「そうですね。あの時は失礼しました。先生、お邪魔《じゃま》じゃなければ、お茶でも入れましょうか」

「おっ、頼むわ。ちょうど縁側で桜、見とったんや」

やがて、もずく君が台所でお茶の用意をしてお盆で持ってくると、縁側のひぐらし先生の隣《となり》に正座しました。

「もずく君、きょうはどないしたんや。なんや、様子がおかしいで。妙に改まって、正座なんかして」

もずく君はおもむろにカバンの中から俳句雑誌を取り出すと、頭を下げて先生のほうに差し出しました。

「なんや、これはわたしが選者してる雑誌やないか」

「そこの付箋《ふせん》の貼《は》ってあるページをご覧ください」

ひぐらし先生は不思議《ふしぎ》そうな顔をして、その雑誌の付箋の貼ってあるページを開きました。そのページはひぐらし先生が選者をしている投稿欄でした。

「先生、そこに載《の》っている〈初ざくら息なき母の耳美《は》しき〉、実は、僕《ぼく》の句なんです」

もずく君は、先生に頭を下げたまま呟《つぶや》きました。

「なにっ！　これが、もずく君の句やと……。嘘《うそ》、言うたらあかんで。名前が全然違うがな」

「はい。偽名を使いました。偽名を使ったのは……」

「アホッ！　どこの世界に名を変えて師のもとに投稿するヤツがおるか！　このアホが！」

ひぐらし先生は、もずく君を一喝したかと思うと、しだいに声を詰まらせながら、「ほんまにアホなやっちゃで……」、そう呟くと、かすれた涙声になって、

「まさか、わたしの特選取りよるとはな。山吹《やまぶき》もずくの名を隠したのは、わたしに気を遣《つか》わせんようにやな。おかげで、わたしは全く忖度《そんたく》なしに、純粋に選して、その初ざくらの句を特選にしたんや。ようやったな。ほんまにようやった！　もずく君、おめでとう！」

ひぐらし先生は涙をぬぐった手をもずく君に差し出しました。顔を上げたもずく君も眼に涙を滲《にじ》ませながら、先生の手を強く握り返しました。

「先生、ありがとうございます。やっと先生の特選をいただきました。ほんとに感無量

です。実はこの偽名で何度も投稿していたんです。先生が以前、僕が落選したときにおっしゃってくれましたね。先生ご自身も初心の頃はよく落選されたと。そして落選した僕に〈もずく君、ちっとも落ち込むことないで。日々努力しながら続けることが大事なんや。やめたらそれでしまいやさかいな〉と温かい言葉をかけてくださったんです。その言葉を胸に落選しても落選しても投稿し続けました。ただ投稿し続けるだけじゃなくて、落選したら、なぜこの句は落とされたのかを考えながら、次の作句に活かすように努めました。これも先生の教えでした。先生の教えに導かれて、僕は先生の特選をいただいたんです」

「そうか、きょうはそれでスーツの正装で来たんやな。わたしに礼を尽くしてくれたんやな。それと同時に初心を忘れんように、弟子入りの時の恰好で来たんやな」

「先生は何もかもお見通しですね」

「わたしはもずく君みたいな弟子に恵まれて幸せもんや。〈初ざくら息なき母の耳美しき〉ははほんまにええ句やで。もずく君の句やと知ると、よけい胸に沁みてくるわ。〈初ざくら〉と息を引き取ったお母様の〈耳美しき〉との取り合わせがなんとも切ない。韻律《いんりつ》も素晴らしい。〈は〉の語が四つ、〈き〉の音が三つも重なってるな。〈はきはき〉ちゅう言葉があるぐらいやさかい、〈は〉も〈き〉も歯切れのええ響きなんや。そやさかい、この句は悲しみだけやないねん。母の死を迎えたけど、それで終わりやないっちゅう未来が韻律に宿った絶唱や。母の臨終《りんじゅう》を厳粛《げんしゅく》に受け止めつつ凜《りん》とした空気も感じる。母を恋う気持ちが〈耳美しき〉に凝縮されてるんや。母はこんな綺麗《きれい》な耳してたんやなあと。そうか、もずく君もこんな深い句を作るようになったか。お母様も天国で喜んではるやろ」

「拙句の評を改めて先生からお聞きして胸がいっぱいです。母への追悼《ついとう》の句が特選だなんて言葉がありません。先生に捧げます。〈師の言葉嚙《か》みしめて山笑ふなり〉」

「ほほう、早速この前、教えた挨拶句を実践しよったか。この丘の向こうの山も笑い出したな。木の芽やいろんな花が咲き出す頃や。もずく君は、わたしの言葉や教えをよう嚙みしめて、いつも努力してきたな。ええ句をおおきに。いや、おおきに、ではあかんがな。よし、待てよ。うむ。〈半島の嚙み応へある海雲《もずく》かな〉」

「さすがの切り返し！　絶妙の返歌です。僕の句は昨夜から考えて前もって用意していたのに。半島は僕の生まれ故郷の知多《ちた》半島のことですね。〈嚙み応へある海雲かな〉とは、まさに僕のことを讃《たた》えてくださった措辞《そじ》」

ひぐらし先生は、もずく君と挨拶句を交わせたことにも大きな喜びを感じました。そして縁側から下りると、もずく君を誘って、庭の桜の木のもとに佇《たたず》みました。

「もずく君、あそこの枝先を見てみなはれ」

ひぐらし先生が指差すほうを見上げると、桜が二輪だけ淡々と、しかしながら凜として咲いていました。

「先生、あれは、初ざくらですね」

もずく君とひぐらし先生はしばらく黙って、青空に美しく映えたその二輪の桜を見つめていました。

「さあ、もずく君、きょうは特選の祝いの宴や。あの桜鯛は自分の祝いのために用意したんやろ？」

「あ、そこまでお見通しでしたか。きょうは僭越《せんえつ》ながら、山吹もずく祝賀会を開催させていただきます！」

ひぐらし先生は大笑いして頷《うなず》き、もずく君も笑い返しました。そしてもう一度、もずく君は桜を見上げました。あの初ざくらの句は、亡き母が授《さず》けてくれたのだと思い、これからも俳句を詠み続けていこうと決心しました。

3章

入門3年目

1　もずく君、初めて句会を体験す①

「さあ！　ほな、メンバーも揃《そろ》たみたいやしはじめよか。なんや、もずく君、緊張してるみたいやないか？」

ひぐらし先生は、ちょっと青白くなっているもずく君の顔色を覗《のぞ》き込みました。

「先生、それは緊張しますよ。前に〈作らない句会〉という自分の句は作らずに、先人の俳句を並べたものから選んで選評《せんぴょう》する句会はしましたが、今度は自分の句を僕《ぼく》より俳句歴のある初対面の皆さんに披露《ひろう》するんですよ。わあ、ほんとにどうしよう……」

「大丈夫や。そないに心配せんでもええさかい。リラックス、リラックス。メンバーいうても皆、わたしの弟子や。そしたら、先《ま》ず自己紹介しよか。春菜《はるな》さん」

ひぐらし先生のお宅のダイニングテーブルに、先生の弟子が三人集まって座っており、これから句会が行われようとしています。テーブルを挟んで、もずく君の前にいる春菜さんが、「はい」と鈴を鳴らしたような綺麗《きれい》な声音で返事をしました。

「鮎月《あゆつき》春菜と申します。ひぐらし先生の結社に入って三年目になります。これは本名で、よく俳号《はいごう》と間違われます。もずくさんのことは、時折先生からお聞きしていました。どうぞよろしくお願いいいたします」

もずく君は、目の前に座った春菜さんを正視することができなくて、下を向いたまま「こちらこそ、よろしくお願いします！」と妙にうわずった声を上げてしまいました。どうやら、もずく君の緊張は初めての句会だけが原因ではなさそうです。楚々《そそ》とした春菜さんの黒髪とうりざね顔の美貌《びぼう》に、もずく君は一目惚《ぼ》れしたようでそわそわしているようでした。それを早くも見抜いたひぐらし先生は、なんだかにやにやしています。

「ほな、黄落子《こうらくし》さん、自己紹介をどうぞ」

「はい、秋野《あきの》黄落子と言います。先生の結社に入って五年目になります。水原秋櫻子《みずはらしゅうおうし》や山口誓子《やまぐちせいし》などの〈子〉を付ける俳号に憧れて、好きな黄落に付けた俳号です。ぼくももずくさんのことはたびたび先生からうかがっていました。きょうはお会いできて光栄です。どうぞよろしくお願いいいたします」

もずく君は挨拶《あいさつ》を返しながら、黄落子さんの見るからに俳句のできそうな眼鏡をかけた理知的な顔つきに、少しひるみました。でも、僕と歳が近いかもしれないと思うと、なんとなく親近感も湧いてくるようでした。

「ほな、茂代《しげよ》さん、お願いします」

「泉《いずみ》茂代です。先生に師事してもう何年になりましょうか。先生が結社を立ち上げる前から教えを請うていました。もずくさんのことは、よく先生からお聞きしていましたよ。きょうはお会いできるのを楽しみにして参りました。どうぞよろしくお願いしますね」

こういう方をベテランというのだろうと思い、もずく君は丁重に頭を下げました。着物をきりっと着こなした凛《りん》とした佇《たたず》まいが、いかにも句会がはじまるぞという雰囲気《ふんいき》を醸《かも》し出していました。それにしても、先生が集めてくださったメンバー全員、腕に覚えありみたいな自信を感じるなあ。これは僕の句なんか、一点も入らないんじゃないだろうか……。いやあ、まいったなあ。

「もずく君、何をぼうっとしとんねん。今度は君の番やで、自己紹介」

「あ、はい！　すみません。山吹《やまぶき》もずくです！　先生のお宅に勝手に通い詰めて約二年。まだ、先生の結社にも入っていない、押しかけ弟子でございます。先生に最初にお会いしたとき、季重《きがさ》なりやなあと言われました。ふつつか者ですが、よろしくお願いいたします！」

すると、最初に春菜さんがくすっと笑い、その後、黄落子さんが眼鏡を指で上げてニヤリとし、茂代さんが突然「まあ！　一緒だわ」と言って大笑いしました。

もずく君はなぜみんなに笑われたのか、理解できなくて、不思議《ふしぎ》そうにそれぞれの顔を見渡しました。

「そのう、一緒というのはどういう意味でしょうか？」

「あら、ごめんなさい。みんな季重なりなのよ。わたくしは夏の季語《きご》〈泉〉と〈茂〉ですからね」

「私なんか三つも季語が入っています。〈春菜〉は春の季語で菠薐草《ほうれんそう》や芥菜《からしな》などの総称ですし、〈鮎〉は夏、〈月〉は秋ですから。私、季語だらけの名前なんです」

「僕は〈秋野〉も〈黄落〉も秋の季語です。皆さん、先生と初対面のときに一様に、季重なりやなあと言われた口なんですよ。だからつい笑ってしまって」

「季重なり同士ですから、仲良くなれそうですね」

真面目《まじめ》そうな黄落子さんの笑顔に、茂代さんの大笑いに、そして春菜さんの満面の笑みの「仲良くなれそうですね」の言葉に、もずく君の緊張は一時ふわっと解けていきました。もずく君は思わず、「はい！　仲良くなれそうです！」というあまりにも素直すぎる、春菜さんに対する好意丸出しの言葉を慌《あわ》てて呑《の》み込みました。

「よっしゃ。ほな、季重なりの諸君、そろそろ句会をはじめようやないか。最初にこの短冊《たんざく》に名前を書いていこか。きょうは句会が初めてのもずく君がおるさかい、ゆっくり進めていくで。短冊に自分の句を書いて出すことを〈出句《しゅっく》〉という。くれぐれも名前は書かないように。もずく君、句会の流れ、ちゃんと覚えていってな」

先生に真顔で返事を返したもずく君に、また緊張が戻ってきました。このＡ４の紙を八等分したような細長い紙を〈短冊〉というのだな。それに自分の句を書いていくと。きょうは一人三句の〈出句〉だから三枚書く。あ、先生も書いてる！　これはますます気が抜けないぞ。

「次は出句された全員の短冊をシャッフルして、〈清記《せいき》〉ちゅう作業に移るで。ごちゃ混ぜにした短冊を各自に配るさかい、手元にある〈清記用紙〉に短冊の句を書き写していってくれるかな。その際、間違いのないように正確に書き写していくこと」

もずく君は字を間違わないように細心の注意を払いながら書き写していきました。なるほど、〈清記〉することでみんなの筆跡が消されて誰の句なのか、さらにわからなくなるんだな。よくできたシステムだ、これは。

「ほな、清記番号を振っていこか。わたしが一番。ほんで、春菜さんが二番やな。順番に号令かけていこか」

春菜さん、二番。黄落子さん、三番。茂代さん、四番。そして僕が五番。僕が最後だから「五番、トメ」というらしい。これが清記番号で自分が書いた清記用紙に、おのおの号令をかけた番号を書き記すと、

「次は選句《せんく》や。一番から五番の清記用紙を各自に廻《まわ》していくさかい、すべての句に目を通して、ええと思たものを選んでいくんや。きょうは三句選、そのうち一句を特選にしよ

か。要するに二句を佳作、一番ええと思た一句を特選に選ぶちゅうことや。いきなり三句に絞り込むのは難しさかい、これはっちゅう光る句を見つけたら、自分のノートに書き写していったらええ。ほんで、全部の清記用紙の句を見終わった時点で、ノートに書き写したものから三句に絞り込んだらええんや。もずく君、一句一句ちゃんと鑑賞しながら選ぶように。あ、それから自分の句を選んだらあかんで。自画自賛は禁物や」

【ひぐらしメモ】

●句会／俳句を作る人たちが自作の俳句を持ち寄り、集まった俳句の中から良い句を選び、感想を言い合う場。参加者全員が発表者であり、全員が審査員で、全員が観客であることで俳句の面白さが倍増する。俳句は事前に用意する、または当日作る場合もある。句会の流れは、出句《しゅっく》→清記《せいき》→選句《せんく》→披講《ひこう》→選評《せんぴょう》となる。

●俳号《はいごう》／俳句を作る際に用いるペンネーム。

2　もずく君、初めて句会を体験す②

もずく君は、一句ずつ真剣に鑑賞しながら、自分なりに良い句を選ぼうと集中しました。句会は無記名の句を選ぶので公平だなと感じました。どれが先生の句で、どれが春菜《はるな》さんの句かはこの時点ではわからないもんな。

「これですべての清記《せいき》用紙を見終わったな。ほな、自分のノートに予選した句から三句に絞り込んで、その三句を手元の選句用紙に書き写してくれるかな」

しばらくして皆の動きが止まり座が静まりました。

「よし、選句できたみたいやな。次は〈披講《ひこう》〉に移るで。披講とは選んだ句を読み上げていくことや。大人数の句会では披講者を立ててまとめて読んでもらうけど、この句会は少人数やさかい、各自で読み上げよか。春菜さんからお願いします」

「あ、先生、〈名乗《なの》り〉はどうしましょう?」

「そや、忘れとった。名乗りっちゅうのは、自分の句が選ばれたら声を出して名前を告げることや。わたしやったら、〈ひぐらし〉と名乗る。俳句は下の名、ファーストネームでやり取りするのが通常やねん。もずく君、小林一茶《こばやしいっさ》のことなんて呼ぶ?　小林の句はええなちゅうか?」

「いえ、一茶ですね。ああ、そういうことですか」

「そういうことや。ほんで、披講されてすぐ名乗るやり方と披講のときは名乗らずに〈選評《せんぴょう》〉されたあと名乗るやり方がある。きょうは選評されたあとにしよか。その方が、スリルあるよってにな。それから〈点盛《てんも》り〉もしていこか。佳作を一点、特選を二点として点数をつけていく。自分が書いた清記用紙にある句が披講されたら、いただきましたちゅうて、その句の上に正の字をつけて加算していってくれるかな。ほな、改めて春菜さん」

「はい。鮎月《あゆつき》春菜選。佳作からです。三番〈望郷といふ色あれば花うぐひ〉」

「いただきました」

三番の清記用紙を書いた秋野《あきの》黄落子《こうらくし》さんが、そう言って正の字を書いているようです。なるほど、これが点盛りか。それで最終的に合計して点数を出すんだなと、もずく君は納得しました。

「五番〈つばくらや日を掬《すく》ひつつこぼしつつ〉」

「おい、もずく君やろ、五番は?」

「あ、そっか。すみません。いただきました!」

それでつばくらの句の上に正の字の先ず《ま》「一」を書いてと。だんだん流れがわかってきたぞ。

「特選四番〈春の夜や最敬礼のドアボーイ〉」

「いただきました」

今度は四番の清記用紙を書いた泉茂代《いずみしげよ》さんがそう言って、正の字を書いていきます。

「以上、鮎月春菜選でした」

もずく君は理由もなく、春菜さんに選んでもらえるかもしれないと思っていたので少し落ち込みました。春菜さんに選んでほしかったなあ、まあ、しょうがないか。

「秋野黄落子選。二番〈暖かや男女揃ひの健診着〉、四番〈花冷《はなびえ》をたまはる花の老樹より〉、特選一番〈口笛やちぎれば増えてゆくレタス〉、以上、秋野黄落子選でした」

各句に対しての「いただきました」という点盛りも行われながら、粛々《しゅくしゅく》と披講は続いていきます。

「泉茂代選。二番〈暖かや男女揃《そろ》ひの健診着〉、五番〈つばくらや日を掬ひつつこぼしつつ〉、特選四番〈花冷をたまはる花の老樹より〉、以上、泉茂代選でした」

「ほな、もずく君、披講いこか。落ち着いてな。ぼそぼそ読むんやのうて、はっきりと句の調べを大切にして読むことが大事なんや」

「はい！　では、山吹《やまぶき》もずく選。一番〈口笛やちぎれば増えてゆくレタス〉、三番〈望郷といふ色あれば花うぐひ〉、特選四番〈春の夜や最敬礼のドアボーイ〉、以上、山吹もずく選でした」

もずく君は初めての披講に緊張しながらも、なんとか読み上げることができてほっと胸をなで下ろしました。

「ほな、わたしの選いくで。萩谷《はぎたに》ひぐらし選」

ひぐらし先生の声にみんなの背筋がいっそうぴんと伸びて、聞き耳を立てるような緊迫した空気に包まれました。もずく君も先生の選がやはり一番気になります。

それにしても「あれ？　待てよ」ともずく君は、はたと気づきました。〈萩〉と〈ひぐらし〉って、どちらも秋の季語《きご》だよね？　先生も季重《きがさ》なりじゃないか！

「佳作から。一番〈口笛やちぎれれば増えてゆくレタス〉、二番〈暖かや男女揃ひの健診着〉、特選四番〈春の夜や最敬礼のドアボーイ〉、以上、萩谷ひぐらし選でした」

先生の披講が終わると、少し緊迫した空気がゆるみ、茂代さんが一つ小さな溜息《ためいき》をつきました。

「よっしゃ、これで披講が終わったよって、各句の点数を合計してくれるかな。合計したら、わたしのところに清記用紙をください。きょうは司会進行、わたしがするよってに。これからが〈選評〉や。先ず点盛りの結果、一番点数が入った句から触れていこか。四番の〈春の夜や最敬礼のドアボーイ〉が六点で最高得点やったな。わたしも特選やし、春菜さん、もずく君も特選や。ほな、春菜さんからお願いします」

「はい。私もホテルでこんな場面を見たことがあったなと思いました。でも、このように十七音で詠《よ》まれると、新鮮さを感じます。季語の〈春の夜〉がとても効《き》いていますね。春のどこか淑《しと》やかな夜に、正装したカップルに向かって敬礼しているドアボーイの姿が眼に浮かびました。まるでドラマの一場面みたいです」

「なるほど。もずく君はなんで特選にしたのかな?」

「そうですね。春菜さんとほぼ同じなんですが、ドアボーイがいるということは、大きくて高級なホテルですよね。だから、ドアボーイもきりっとした制服でお客様を丁重にお迎えするんだと思います。僕《ぼく》も熟年の落ち着いたカップルか、もしくは老夫婦に対して敬礼している様子が見えてきました。最敬礼ですから、お客様をかなり尊んでますね。春の夜の華やかさを感じました」

「そうやな。わたしも特選やけど、二人がええ選評してくれたさかい、もう言うことないけど、このドアボーイの性分まで最敬礼で見えてくるようや。特別なお客だけやない、ホテルを利用してくれはるどんなお客でもこのドアボーイは最敬礼してるんやろな。ドアボーイという職業を全うするちゅうか、一つも気を抜かんと職務を果たしてるように見える。また〈春の夜〉の季語がええ塩梅《あんばい》に効果を発揮しとる。〈夏の夜〉でも〈秋の夜〉でも〈冬の夜〉でもあかん。やっぱり〈春の夜〉の艶っぽさがこの句には必要なんや。〈春の夜〉やさかい、どこか恋情につながるような、カップルの姿が想像されるんやろ。これから素敵なディナーか、豪華なパーティでもありそうやないか。〈ドアボーイ〉ちゅうカタカナの職業も何の違和感もなく一句に収まっとる。さあ、ここで〈名乗り〉や。最後に作者が明かされるちゅうのが、句会の楽しみとスリルといえるな。はい、この句は誰の句かな？」

「黄落子です。ありがとうございます。もう作者としては何も付け足すことはありません。よく鑑賞してくださり嬉《うれ》しいです」

【ひぐらしメモ】

●披講《ひこう》／選んだ句を読み上げていくこと。

●選評《せんぴょう》／自分が選んだ句について選んだ理由や疑問に思ったことなどをのべること。

●点盛《てんも》り／各人が佳作、特選を決めて披講された俳句の点数を集計すること。

3　もずく君、初めて句会を体験す③

もずく君は、時々俳句の総合誌でも名前を見かける黄落子《こうらくし》さんの実力を見たように思いました。それにしても春菜《はるな》さんと先生の特選をもらえるなんて羨ましい。あ、春菜さんと黄落子さんが微笑《ほほえ》み合っている。まさかこの二人……。いやいや、僕《ぼく》はいったい何を邪推してるんだろう。いかんいかん、句会に集中しなきゃ、集中！

「ほな、次に点数の高かったのは一番の〈口笛やちぎれば増えてゆくレタス〉で四点やったな。黄落子さんが特選で、もずく君とわたしが佳作で取ってる。黄落子さんから選評《せんぴょう》お願いします」

「はい。春の季語《きご》〈レタス〉の特性をよく捉《とら》えた句だなと思いました。口笛を吹きながら、サラダ用のレタスを千切っているのでしょう。料理することの楽しさが、レタスを千切るリズムとなって、春の浮き浮きした気分につながっているように思います。〈ちぎれば増えてゆくレタス〉、たしかに千切っていくと嵩《かさ》が増していくように感じますね。おもしろいところを詠《よ》んだ句です」

「もずく君は、どうかな？」

「僕はこの上五《かみご》の〈口笛や〉って、なかなか言えそうで言えないような大胆さを感じました。口笛の弾んだ音色が、レタスを千切る楽しげな雰囲気《ふんいき》を包み込んでいますね。〈レタス〉も春の季語なんですね。初めて知りました」

「わたしが一つだけ付け加えるとしたら、この句のリズムの良さやな。中七《なかしち》、下五《しもご》が句またがりなんや。〈ちぎれば増えてゆくレタス〉、下五の〈ゆくレタス〉の感じが、実際千切っていく手の動きのリズムにも重なって見えてくるようや。最後に〈レタス〉が来ることで、手品の種を明かされたような驚きと新鮮みがある。さて、作者は？」

「春菜です。よく読んでいただきありがとうございます。台所でレタスを千切りながら、ぽんっとできた句です。ちなみにこの時の口笛は、〈I GOT RHYTHM〉です。作曲はジョージ・ガーシュウィンで、ジャズのスタンダードになっています。私、ジャズが好きなんで」

「あ、僕もジャズが大好きなんです！　わあ、奇遇だなあ。だから、この句に惹《ひ》かれたんですね」

「もずくさんもジャズがお好きなんですね？」

「はい。いつかジャズ喫茶を開くのが夢でして。どんなジャズ喫茶かと言いますと」

「ああ、もずく君。ジャズ喫茶の話は句会のあとでまたゆっくりしてんか。まだまだ話したそうやけど」

ひぐらし先生のにやにやした顔つきを見て、もずく君は急に恥ずかしくなって俯《うつむ》きました。そして顔を上げると、春菜さんと黄落子さんがまた微笑み合っていました。もずく君はとっさに気づきました。そういえば、この二人は特選をお互い取り合っていたではないか！　と。選句でも相思相愛……ということは、やっぱりこの二人は恋人同士なのか……もずく君は慌《あわ》てて打ち消しました。

「次に点数の高かったのは二番の〈暖かや男女揃《そろ》ひの健診着〉と四番の〈花冷《はなびえ》をたまはる花の老樹より〉やったな。この二句が三点で、同点やった。先ず《ま》暖かやの句から触れよか。茂代《しげよ》さん、黄落子さん、わたしの三人が佳作。ほな、茂代さんからどうぞ」

「はい。おもしろい発見をしましたね、この方は。言われて見れば、〈男女揃ひの健診着〉ってちょっとおかしみがあるわね。〈暖かや〉という春の季語が全体を覆っていて、ほのぼのとした健康診断の様子が眼に浮かんできましたわ。おそらくこの健康診断を受けられた方は異常なしね。至って健康って感じがしますわ」

茂代さんの鑑賞にみんな笑い声を上げました。

「黄落子さんはどうかな？」

「茂代さんの解釈に少し似ていますが、健康診断というちょっと緊張する場面なのに、どこか滑稽《こっけい》な趣《おもむき》が出ていて惹かれました。それはやっぱり〈男女揃ひの健診着〉というお仕着せ感の強く出た衣装が、妙に間の抜けたようにおもしろく見えるからでしょう」

「なるほど。わたしも佳作に選んだけど、どことのうユーモアを感じる句やな。言われて見れば、健康診断のときに着る健診着は男女揃いやったな。ようそんなとこを俳句にしたと。眼の付けどころがええんや、この句。高浜虚子《たかはまきょし》が〈秋風や眼中のもの皆俳句〉ちゅう句を詠んでるけど、ほんま何でも句になるもんやとこの句を見て思ったわ。はい、この句の作者は誰かな？」

「もずくです！」

「おっ！　もずく君やったか。いや、上等上等。なかなかおもろい句、作ったな」

「ありがとうございます！　句会がはじまる前は、僕の句なんか誰も見向きもしないんじゃないかと思ってドキドキしていたんですが、嬉《うれ》しいものですね。選んでいただいて、その場で評まで聞けるというのは。これは会社の健康診断の場面を切り取った句なんです」

「もずくさん、あなたやるじゃないの。俳句は滑稽味も大事な要素よ。わたくし、感心しましたわ」

「おもしろい題材で詠まれましたね。新しみがあります」

「茂代さん、黄落子さん、ありがとうございます！」

もずく君は、春菜さんと黄落子さんの親密なやり取りに気を取られがちでしたが、自分の句の選評に感動して一気に句会が楽しくなってきました。

「ほな、同じ三点の〈花冷をたまはる花の老樹より〉の句やけど、特選が茂代さん、佳作が黄落子さん。茂代さんから選評を」

「はい、この句は桜の頃の寒さである季語〈花冷〉を〈花の老樹より〉たまわったという発想がなんとも豊かだと思いましたわ。〈たまはる〉は〈もらう〉の謙譲語でしょ。まさに花の老樹を尊敬して使った表現ですわね」

「黄落子さん、どうですか?」

「人間よりも遥かに長生きしている桜の老木を敬愛している心持ちが伝わってきました。〈花〉といえば俳句では桜のことを指しますが、〈花〉の語がこの句ではリフレインされていますね。その韻律《いんりつ》の美しさにも惹かれました」

「作者はひぐらしです。二人の鑑賞に付け足すことはないわ。おおきに。これで点数の高い順に一位から三位まで触れたな。さあ、日も暮れたことやし、夕飯の準備でもしよか。もずく君、初めての句会はどうやった?」

「最初はすごく緊張しましたが、句会はとても有意義なものですね。いつまでも皆さんの選評を聞いていたいと思いました。ほんとに勉強になりました!」

「そら、よかったわ。きょうは点盛《てんも》りして点数つけたけど、まああんまり気にせんことや。無点や一点の句でもええ句はあるさかい。とにかく無事に、もずく君が句会デビュー果たせて、わたしもほっとしたわ。ほな、句会の続きは食べてからやろか。もずく君、きょうは鰆《さわら》の鍋やったなあ？　春菜さんもちょっと手伝ってあげてんか」

「もずくさんの料理の腕はピカイチだと、先生からうかがっています。私にもいろいろ教えてくださいね」

「春菜さんに教えるだなんて……では先ず、ダシを取りましょうか！　野菜も切っていかなきゃですね！」

もずく君と春菜さんの様子を見ながら、ひぐらし先生はまた嬉しそうに微笑みながら大きく頷《うなず》きました。

4　もずく君、初めて吟行を体験す①

五月の連休のある日、もずく君が初めて句会をした同じメンバーで近所の八幡《はちまん》神社に吟行に来ました。

もずく君にとっては吟行《ぎんこう》も初めての体験で、ご近所の神社を気軽に散策する吟行くらいが手慣らしにちょうどええんとちゃうかと、ひぐらし先生は提案しました。

「名所・旧跡を訪ねて句を作るのももちろん吟行やけど、そないに大袈裟《おおげさ》な旅やのうても吟行はできるんや。ましてや五月の連休ともなれば、どこも人でいっぱいやよってに、近所の八幡さんの静けさがありがたい。あそこには鎮守の森もあるし、池もあるさかい、句材にはこまらんやろ。あ、藤棚もあったな。行ってみよか？」

ひぐらし先生のお宅に集まったもずく君、鮎月春菜《あゆつきはるな》さん、秋野黄落子《あきのこうらくし》さん、泉茂代《いずみしげよ》さんは、先生の「ほな、行こか」のかけ声で、五月の午後の日差しを気持ちよく浴びながら、八幡神社へとぶらぶら歩いて向かいました。

「春菜さん、これ、買いましたよ」

もずく君は春菜さんの隣《となり》を弾むように歩きながら、和綴《わと》じの和紙でできた小さなノートを見せました。

「あら、素敵。俳句手帳にぴったりですね」

「初めての吟行なんで、新しいのにしてみました」

春菜さんは「ちょっといいですか」と言って、もずく君からその手帳を手渡してもらいました。そのとき、春菜さんの指先がもずく君の手に触れました。もずく君は思わず、ハッとして、でも一瞬ときめいた胸のうちを見せないように逆に表情をぎゅっと引き締めました。

「私もこんな手帳ほしいなあ。いろんなところに持ち歩いているから、私のはもうボロボロになっちゃった」

春菜さんから手帳を返してもらい、今度は彼女の俳句手帳を見せてもらったもずく君は、句やメモをびっしり記したその書き込みに作句への熱意を感じました。

「すごいなあ、熱心な書き込み。僕《ぼく》も見習わないと」

「あ、そんなに見ちゃいやですよ」

「ああ、そこの二人、ええかな？　八幡さんに着いたよって、ちょっと説明するさかいに」

二人は照れくさそうに「はい」と小さく返事すると、お互いちらっと見合って微笑《ほほえ》み、俯《うつむ》きました。

「きょうは八幡さんにお参りして散策させてもらう、ミニ吟行やさかい、一時間ほどで三句作ってみよか。三句きっちり作るのもええけど、それ以上の数の句を作ってみて、そこから三句に絞り込んで句会に提出するのも方法のうちや。天気もええさかい、あの藤棚の下で句会しよか。ちょうどええ木の机もあるさかいに。もずく君は初めての吟行やけど、何か聞きたいことあるかな?」

「えっと、そもそも吟行って、どんなふうに句を詠《よ》めばいいのでしょうか?」

「そやな。自分の五感を研ぎ澄まして、周りの風景や植物や動物にアンテナを張ることが大事や。それらをよく見ること、よく聞くこと、よく感じることやな。季語《きご》を探しながら、何でも好奇心旺盛に触れてみなはれ。その場で感じ取ったことを五七五にできたらしてもええし、できへんかっても言葉の断片や浮かんだフレーズをとりあえず手帳にメモしとけば、あとで句になるかもしれん。句材を集めるちゅうことやな。今までお参りだけして帰ってた八幡さんを、細かな視点で観察してみなはれ」

「先生、ありがとうございます。やってみます!」

ひぐらし先生の「よし。三時に藤棚に集合!」という号令で、それぞれ散らばって神社を散策しはじめました。

しばらくして春菜さんと黄落子さんが寄り添っているところをもずく君は気が気でない

感じで眼に留めました。句会でも二人は目を合わせて意味深な笑みを浮かべていたなと思い返し、もずく君はさっき触れた春菜さんの手の感触を切なく思いました。

二人はどうやら草笛を吹こうとしているらしく、互いに葉っぱを唇に押し当てていました。ほとんど音色にならない黄落子さんに比べて、春菜さんは突然高い音を青空に向けて吹き鳴らしました。

もずく君は気を取り直して拍手を送ると、春菜さんに手招きされたので、少し躊躇《ちゅうちょ》しながらも仲良さそうな二人のほうに歩いて行きました。

「〈草笛〉も季語なんですが、なかなかうまく鳴りませんね」

黄落子さんは眼鏡を指先で上げながら苦笑しました。

春菜さんはまたピィーと鳴らしてみせて、「コツを摑《つか》めば簡単よ」と言って、今度はちょっとしたメロディを器用に奏でてみせました。

もずく君も挑戦しましたが、春菜さんのようにはうまく鳴らせずに、二人を残して散策に出掛けました。

ひぐらし先生はしゃがみ込んで何かを熱心に見つめているようでした。とても話しかけるような空気ではなく、どこかぴんと張りつめたものを感じます。

茂代さんは池の周りをゆっくり歩きながら、時折青空を見上げていました。そして何か思いついたように手帳にメモしているようでした。

「茂代さん、もう句ができたのか。すごいな」と、もずく君は思いながら、まだ何も言葉が浮かんでこないことに少し焦《あせ》りを感じました。正月に若水《わかみず》を汲《く》んだ井戸を覗《のぞ》いてみたり、青葉のなかを吹き抜けていく風を感じたり、咲き誇るつつじの赤に眼を遣《や》ったりしていたところ、「キャー」という春菜さんの叫び声が突然聞こえました。

もずく君は、どうしたんだろうと心配になってその声のほうを慌《あわ》てて見ると、春菜さんが何かにつまずいたらしく倒れていました。

駆けつけたもずく君は「大丈夫ですか？」と声を掛けて、春菜さんの手を取ってゆっくり起こしてあげました。肘を少し擦りむいていたので、もずく君はリュックサックのなかに確か入っていたはずだと探ってみると、やっぱり絆創膏《ばんそうこう》が見つかったので、春菜さんの肘《ひじ》を水洗いしてからよく拭いて、それを丁寧に貼《は》ってあげました。

「もずくさん、ありがとうございます。大丈夫みたいです。絆創膏、とっても助かりました」

春菜さんは肘を曲げたり伸ばしたりしながら、ぺこりと頭を下げました。

「もずく君はほんまに用意のええやっちゃで。気が利《き》くねん、この男は。春菜さん、句会できそうかな？」

いつの間にかひぐらし先生がそばに来て、春菜さんに言葉を掛けました。

「ええ、もう平気です。ご心配おかけしてすみませんでした。あ、もう時間ですね。茂代さんも黄落子さんも、藤棚に集まってますから、行きましょうか」

そう明るく言って春菜さんが元気に歩き出したので、もずく君はほっとしてそのあとに続きました。

藤棚にはいくつもの藤の花が紫色に垂れ下がり、その蜜を求める蜂の羽音がしていました。甘い香りの広がる藤棚の下の木の机の上で、五人は句の推敲《すいこう》をしました。

「もう十分くらい推敲したら出句《しゅっく》しょか」

ひぐらし先生は時間を区切ると、みんなはそれぞれ時計を見て静かにペンを動かしました。黄落子さんだけがスマートフォンのメモ帳に句を書き込んでいるらしく、画面を鋭く睨《にら》んで句の構想を練っているようです。


【ひぐらしメモ】

●吟行《ぎんこう》／作句のため、野山や名所旧跡、公園などに行くこと。その体験、見聞により、新鮮な感動を作品に詠むことができる。大勢から一人まで、数時間、泊りがけと多様。

5　もずく君、初めて吟行を体験す②

藤棚の下の木の机に集まった五人は、吟行《ぎんこう》で作った句を〈出句《しゅっく》〉して〈清記《せいき》〉し、〈選《せん》句《く》〉を終えました。

「五月の青空句会ちゅうのも気持ちのええもんやなあ。しかもこんな見事な満開の藤棚の下で。ほな、一句・特選、二句・佳作の合計三句選び終えたかな？　よし、では、春菜《はるな》さんから〈披講《ひこう》〉をお願いします。この前みたいに特選二点、佳作一点の換算で〈点盛《てんも》り〉もしよか」

「はい。鮎月《あゆつき》春菜選。佳作からです。三番〈草笛の口のゆるびて音澄めり〉、五番〈しぶき上げ助走激しく飛ばぬ鶴《ばん》〉、特選一番〈溶岩の湧き出るごとくつつじ咲く〉以上、鮎月春菜選でした」

各句に対しての「いただきました」という点盛りも行われています。もずく君も一度句会を体験したおかげで、初回よりも戸惑いなく流れについて行っています。

「秋野黄落子《あきのこうらくし》選。三番〈草笛の口のゆるびて音澄めり〉、五番〈しぶき上げ助走激しく飛ばぬ鶴〉、特選五番〈葉先よりしんと地へ跳ぶ子かまきり〉以上、秋野黄落子選でした」

「泉茂代選《いずみしげよ》。二番〈藤棚や羽音聴く君うつくしき〉、三番〈たんぽぽやひとに貼《は》られし絆《ばん》創膏《そうこう》〉、特選五番〈葉先よりしんと地へ跳ぶ子かまきり〉以上、泉茂代選でした」

「ほな、もずく君の番や。もう大丈夫やな？」

「大丈夫です！　句会の流れは覚えました。では、山吹《やまぶき》もずく選。一番〈溶岩の湧き出るごとくつつじ咲く〉、五番〈しぶき上げ助走激しく飛ばぬ鶴〉、特選三番〈たんぽぽやひとに貼られし絆創膏〉以上、山吹もずく選でした」

「よし、句の調べをきちんと捉《とら》えた、なかなかええ披講やったぞ。ほな、萩谷《はぎたに》ひぐらし選」

前回の句会のように場の空気がぴんと張りつめて、藤の花に来ている蜂の羽音が際立って聞こえてきました。

「三番〈たんぽぽやひとに貼られし絆創膏〉、同じく三番〈草笛の口のゆるびて音澄めり〉、特選一番〈溶岩の湧き出るごとくつつじ咲く〉以上、萩谷ひぐらし選でした」

先生の披講が終わり、もずく君は肩の力を緩めました。

「よっしゃ。ほな、各句の点数を合計してくれるかな。合計したら、わたしのところに清記用紙を集めてください。次は〈選評《せんぴょう》〉や。点盛りの結果、一番の〈溶岩の湧き出るごとくつつじ咲く〉が五点で最高得点やったな。春菜さんとわたしが特選、もずく君は佳作やったな。ほな、春菜さんからお願いします」

「はい。つつじが満開に咲いていたので私も詠《よ》みたいなと思っていたんですが、結局詠めませんでした。だから、この句を見たとき、あっ、そんなふうに詠みたかったのに！　やられた！　と思いましたね。あの密集して咲いているつつじの様子がよく描かれています。〈溶岩の湧き出るごとく〉って比喩《ひゆ》がぴったりですね」

「もずく君はどうかな?」

「いや、ほんとにこの〈溶岩の湧き出るごとく〉の比喩が、満開のつつじの真っ赤に咲き誇っている様子を的確に捉えているなと思いました。ここからもつつじが見えますけど、ほら、やっぱり溶岩っぽいですよね」

「そやな。やっぱり、この句の眼目は〈溶岩の湧き出るごとく〉の直喩《ちょくゆ》やろな。真っ赤なつつじをこれほど生命力あふれる表現で捉えるとは、たいしたもんや。つつじも大地から力を得て咲いてるよってに、溶岩の比喩がよけいに合うんやろ。つつじに対して〈溶岩の湧き出るごとく〉はちょっと誇張《こちょう》した表現なんやけど、〈誇張法〉いうて、修辞《しゅうじ》法の一つでもあるねん。はい、作者は?」

「黄落子です。ありがとうございます」

「黄落子さんは、ほんま脂が乗ってきたな。見事や」

もずく君は、吟行でも黄落子さんの実力を見せつけられたように思いました。この即興に近い作句時間で、これほどの句をものにするとは。そして、また春菜さんが黄落子さんの句を特選に採って、二人が微笑《ほほえ》み合っている……そりゃ、こんな素晴らしい句を作る黄落子さんに惚《ほ》れるのも無理はないか……もずく君は勝手な当て推量に気持ちが落ち込んでいきそうでした。

「次に点数の高かったのは三番の〈たんぽぽやひとに貼られし絆創膏〉と五番の〈葉先よりしんと地へ跳ぶ子かまきり〉やな。この二句が四点で、同点。先に、たんぽぽの句から触れよか。もずく君が特選、茂代さん、わたしが佳作。ほな、もずく君からどうぞ」

ひぐらし先生はそう言って、にやにや笑いました。

「あ、そのう……これは僕《ぼく》のことを詠んでくれたのかなと。さきほど、春菜さんが転んでしまったとき、たまたま僕が絆創膏を持っていたもので。いや、それだから特選にしたんじゃなくて、そのう、〈たんぽぽ〉との取り合わせがとてもいいなと思いました」

「取り合わせがどないにええねん？」

「いや、そのう、なんだか、優しげな感じで……」

ひぐらし先生は、もずく君が春菜さんに好意を持っていることをとっくに見抜いていて、それを楽しむかのように、にやにやしているようです。

「先生、そんなにもずくさんのこと、いじめちゃダメですわよ。わたくしも佳作にしましたの。春菜さんが転んで、もずくさんが駆けつけて手当してあげている場面を、わたくしも見ていたものですから、なんだかお二人を応援したくなりましたもので。応援の佳作ですわ！」

茂代さんも先生のにやにや笑いを窘《たしな》めたものの、同じようににやにやしはじめて、もずく君のほうへウインクを寄越しました。

もずく君はその茂代さんのウインクを受け止めきれず、そわそわしながら顔を赤らめています。

「わたしもそや、最初から春菜さんの句やなと思うて、佳作にしたんや。〈ひとに貼られし〉の〈ひと〉がちょっと引っかかったけどな。〈ひと〉では少し他人行儀な感じやさかいに。それでも、〈たんぽぽ〉との取り合わせがええねん。その〈ひと〉の手当してくれた行為の優しさが、春の季語《きご》の〈たんぽぽ〉の素朴な美しさと響き合うように思うねん。作者は春菜さんやろ？」

「はい……私が転んだとき、もずくさんがいち早く駆けつけてきてくれて、さっと手当をしてくれました。それを一句に残したかったんです。〈ひと〉の部分はちょっと悩みました。最初、〈君〉にしてたんです。でも、それではあまりに気持ちがストレートに出すぎるかなと……」

「なるほど。春菜さんの気持ちはようわかった。なあ、もずく君?」

もずく君は、先生のようには春菜さんの気持ちがよくわからなくて、どんな表情をしていいか戸惑いました。

確かに春菜さんが僕のことを一句にしてくれたのはそれなりの好意を感じないではないけれど、でも〈君〉では気持ちがストレートに出すぎるっていうのは、そこまで春菜さんは僕のことを思っていないっていうことだろう。まだ〈ひと〉と表現するくらいの距離を僕に対して置きたいのだろう。いや、でも果たしてほんとうにそうなのだろうか……春菜さんには黄落子さんのほうがお似合いじゃないかと、どうしても思ってしまう。もずく君の胸には複雑な気持ちが渦巻いていました。

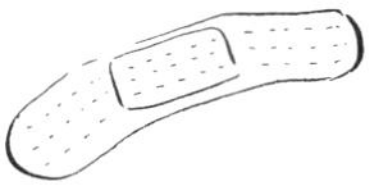

6　もずく君、初めて吟行を体験す③

「ほな、次の句に触れるで。五番の〈葉先よりしんと地へ跳ぶ子かまきり〉は、黄落子《こうらくし》さんと茂代《しげよ》さんが特選やな。では、黄落子さんからお願いします」

「はい。ぼくは子かまきりを見つけられなかったので、境内のどこかにいたんだなと思って、先《ま》ずその発見に惹《ひ》かれました。吟行《ぎんこう》では他の人が見落としているようなものや風景や場面を発見して一句にするというのも、大事なことだと思います。小さなかまきりの子どもが、葉っぱの先に止まっていたのでしょう。そこから地面に向けて、子かまきりがジャンプしたんですね。子かまきりにとっては大ジャンプですよ。でも、ほんとうに静かに地面に着地した。その様子を明確に描いています」

「茂代さんはどうかな?」

「わたくしも、かまきりがいたなんて気づきませんでしたわ。黄落子さんが素晴らしい選評《せんぴょう》をされたので付け足すことはございませんが、小さなかまきりの躍動感を感じましたわ。映像がすごく浮かんできますの、この句」

「ひぐらしの句でした。選評、おおきに」

「わたくし、選んでおいてなんですけど、先生にお聞きしたいことがありますの。〈子かまきり〉って夏の季語《きご》ですわね。でも、いまゴールデンウィークで、正確にいうと、まだ立夏《りっか》は過ぎてませんでしょ？　もうすぐ立夏ですけど。このような場合、季語はどんなふうに使えばよろしいんですの？」

「そやな。吟行に出た場合、ようあることなんや。実際そこにあるものと、歳時記がちょっとずれてることが。わたしはきょう、実際子かまきりを見つけたさかい、この一句ができたんやけど、季節はもうすぐ立夏で、暦《こよみ》ではまだ晩春やな。そやけど、吟行で見つけたもの、触れたものは歳時記に縛られることなく、詠《よ》んだらええとわたしは思てるんや。いまそこに見えるもの、感じている事柄を詠むのが吟行やさかいな。歳時記はあくまで便宜上、きっちり季語を四季に分けてるけど、実際の自然はそないに杓子《しゃくし》定規やない。たとえば、この藤は晩春の季語やけど、立夏過ぎても咲いてる場所はいくらでもあるやろ？　ほな、立夏過ぎて夏になったさかい、春の季語の「藤」は詠んだらあかんのか言うたら、そんなことはない。そこにいま咲いてるんやから、詠んでもええねん。そやさかい、吟行では歳時記よりも、いまそこにある風景や出来事を大事に詠むことを勧めたいな」

「ああ、なるほど。先生、よくわかりましたわ。すみません、よけいなことをお訊《き》きしてしまいまして」

「いや、大事なことやさかい。ええ質問やった。ほな、次に点数の高かったのは、三番の〈草笛の口のゆるびて音澄めり〉と五番の〈しぶき上げ助走激しく飛ばぬ鷭《ばん》〉の二句で、同点で三点やった。先ず、草笛の句からいこか。春菜《はるな》さん、黄落子さん、わたしが佳作。春菜さんからお願いします」

「はい。私と黄落子さんが草笛を吹いていたところを詠んだ句ですね。草笛の句を作りたくて吹いていた当人が詠めなかったのに、こうやって一句にしてくださったことが、なんだか嬉《うれ》しく思いました。ほんとに唇の力が抜けてゆるんだときに、ピィーっていう澄んだ音が出たんですよね。唇に力が入りすぎてもダメなんです。お兄ちゃんは、唇に力が入りすぎていて全然鳴らなかったね。あ、ごめんなさい、黄落子さんは」

「えっ？　いまの言い直しは何？　お兄ちゃんって？」

もずく君は、訳がわからずキョロキョロしました。

「あ、もずく君に言うてなかったかな？　この二人は兄妹やねん。春菜さんと黄落子さん」

「なんですとっ！　ウソでしょ！　ほんとに？」

「アホ、ウソついてどないすんねんな」

「ほんとですか？　春菜さん？」

「はい。言ってませんでしたっけ？」

「言ってない。全然聞いてないですよ！」

「あ、すみませんでした。句会でお兄ちゃんって呼ぶのも変なんで、俳号《はいごう》の黄落子さんと呼ぶようにしているんです。お兄ちゃんのほうも春菜さんと〈さん〉づけで」

「もう～、それを早く言ってくださいよ。なんだ、そうだったのか。僕《ぼく》はてっきりこの二人は……」

「なんやねん、この二人は？」

「いや、なんでもありませんよ！　はあ、良かった」

「何が良かったんや？」

そこで茂代さんがたまらず笑いだし、黄落子さんもひぐらし先生も大笑いしました。春菜さんはなんだか恥ずかしそうにしながら、そっぽを向いています。

もずく君は、初めての句会のときから春菜さんと黄落子さんの二人の仲を邪推していたことが急に馬鹿らしくなって、飛んだ取り越し苦労をしたものだと思いました。

この二人が兄妹だと最初からわかっていたら、よけいな勘繰りをして悩んだりすることもなかったのに。それと同時に、もずく君の春菜さんへの恋心が、急速にポジティブな明るい方向に傾いていくようでした。

「ほんで、この草笛の句は誰やねん？」

「もう聞かなくてもわかるでしょ。もずくですよ！」

「きょうは春菜さんがたんぽぽの句でもずくさんのことを詠み、もずくさんが草笛の句で春菜さんのことを詠んだんですわね。お互い一句に詠み合って、まあなんて仲むつまじいこと！　それに〈藤棚や羽音聴く君うつくしき〉っていう句をわたくし、佳作にいただきましたけど、これももずくさんの句でしょう？」

茂代さんのこの問いかけに、もずく君は、

「はい、そうですけど。何か？」

と照れくささを隠すようにぶっきらぼうに答えました。

「まあ、やっぱり。〈君〉は春菜さん以外に考えられないですわね。〈君うつくしき〉って、もう告白じゃないの」

あまりに明け透けな茂代さんの言葉に、春菜さんは顔を真っ赤にして下を向き、もずく君は怒ったように藤棚を見上げたまま、頑《かたく》なに動きませんでした。

「なんや、えらい吟行句会になってきたで。もずく君、茂代さんの言う通りなんやな？」

「はい」

「春菜さん、もずく君のこの句、受け止められるか？」

「はい……嬉しいです」

「黄落子さん、兄としてはどないやねん？」

「ぼくは、二人の気持ちを尊重します」

「よし、決まりや！　もずく君、よかったやないか。わたしも句会に呼ぶ前から、春菜さんともずく君が付き合うたらええのになと思てたんや。なんや、もずく君、いつまで藤棚を見上げとんねん。春菜さん、見てみい。泣いとるやないか。なんか声かけたげんかいな」

もずく君は、藤の花から春菜さんに真っ直ぐ視線を移すと、気持ちを込めて言いました。

「春菜さん、僕の相聞歌を受け止めてくれてありがとう」

じっと下を向いていた春菜さんは顔を上げて涙を拭くと、大きく頷《うなず》き、もずく君に優しく微笑《ほほえ》みました。もずく君もいっそう優しく笑い返しました。

もらい泣きした茂代さんは、わざと明るい声で、

「わたくし、なんだか妬《や》けちゃうわよ。羨ましいこと。こうやって二回会っただけで恋に落ちるなんて、若いって素敵よね。わたくしなんか、誰かさんに何度、相聞歌を贈ったことやら。でも、何度贈ってみたところで一回も返歌なし、気づいてくれたことさえなくってよ」

そう言って、ひぐらし先生のほうを強く睨《にら》みました。

「よし！　ほな、句会の続きしょか！　五番の〈しぶき上げ助走激しく飛ばぬ鶴〉につ

いて触れよか！」

ひぐらし先生は茂代さんの視線から慌《あわ》てて逃げるようにして、突然素っ頓狂な大きな声を出しました。

「それ、わたくしの句よ。何が、ほな、よ。そこの池に夏の季語の〈鶺〉がいたのよ。何回、わたくしも誰かさんの胸に向かって、助走つけて飛びこんでいきたいって思ったことやら。でも、この句のように結局飛べずじまい。滑稽《こっけい》なものよね。飛べない鶺なんて」

「はい、きょうの句会はここまで！　解散！」

ひぐらし先生は素早く自分の荷物を片づけはじめると、いそいそ帰ろうと腰を上げました。

「ちょっと、先生！　どこにお帰りになるのよ！」

茂代さんのドスの利《き》いた声音に、ひぐらし先生はビクッとなって立ち止まると、春菜さんも黄落子さんももずく君もくすくすと笑いだし、しまいに抑えきれずに大声で笑い合いました。

入門３年目　初めて吟行を体験す③

おわりに

この物語は師匠であるひぐらし先生と弟子のもずく君との対話形式で進んでいく俳句入門書なのですが、私のなかでこんな師弟関係があればいいのになという理想が少なからず反映されているともいえます。

俳句の世界ではむかしから結社という制度が脈々と受け継がれています。全国に数多くある俳句結社ではそれぞれ理念を掲げ、主宰と呼ばれる師匠の指導のもと、弟子が研鑽しています。この物語でも、俳句を学びたいと思っているもずく君を結社に入会させてもよかったのですが、私はそうはさせませんでした。いきなり大勢のなかの一人として学んでいくよりも、師匠と弟子の密な言葉のやりとりのなかで、俳句を学んでいける関係性を築きたかったからです。そして二人の会話に読者が耳を傾けることで、俳句が少しずつ理解できるようになればと考えました。

ひぐらし先生ともずく君の出会いを皮切りに、ゆるゆると「俳句のいろは」の話が自然にはじまる本書は、約百二十句の俳句が散りばめられています。具体的な句をもとにして、季語や切字はもちろん、初心者が悩んだり間違ったりしがちな表現上のさまざまな事柄をもずく君の問いに答えるかたちで、ひぐらし先生が柔らかい関西弁で導いていきます。

本書を手に取ってくださった方は、まず肩の力を抜いて、二人の俳句談義を楽しんでいただければ幸いです。読み進むにつれて、二人の関係も親密になり、師匠と弟子の信頼も深まっていくことを実感されるでしょう。そうして私たちの周りには、こんなにも四季にまつわる季語が暮らしとともに溢れていることに改めてお気づきになるでしょう。

もずく君は俳句だけでなく、ひぐらし先生のために料理も作りますが、それらは旬の食材でこしらえます。旬の食材や料理も季語になっているので、二人の食事の場面も俳句的にお楽しみいただけると思います。

ひぐらし先生の指南を受けつつ、もずく君は俳句を雑誌に投稿したりしますが、落選を重ねながらもめげずに、だんだんと成長していきます。読者の皆さんも、成長していくもずく君と一緒に、作句のヒントや学びを少しでも得ていただければ嬉しいです。

最後になりましたが、「NHK俳句」連載時にいろいろなアドバイスをくださった編集者の浦川聡子さん、単行本化にあたり尽力してくださった長坂美和さん、佐藤雅彦さん、もずく君を見事にビジュアル化してくださったイラストレーターのオカヤイヅミさん、本書に素敵な衣装を着せてくださった名久井直子さん、また出版にご協力してくださったすべての方々に深謝申し上げます。

令和元年六月吉日

堀本裕樹

登場人物の俳句と実作者名

朴《ほお》の葉の天うらがへしつつ落つる　堀本裕樹

南風やマーマレードを匙《さじ》に乗せ　裕樹

知らぬ子のまだ門にをり時雨《しぐれ》けり　白山土鳩

初ざくら息なき母の耳美《は》しき　裕樹

師の言葉嚙《か》みしめて山笑ふなり　裕樹

半島の嚙み応へある海雲《もずく》かな　裕樹

望郷といふ色あれば花うぐひ　裕樹

つばくらや日を掬《すく》ひつつこぼしつつ　裕樹

春の夜や最敬礼のドアボーイ　土鳩

暖かや男女揃ひの健診着　中村たまみ

花《はな》冷《びえ》をたまはる花の老樹より　裕樹

口笛やちぎれば増えてゆくレタス　加留かるか

草笛の口のゆるびて音澄めり　加藤ナオミ

しぶき上げ助走激しく飛ばぬ鷭《ばん》　会田朋代

溶岩の湧き出るごとくつつじ咲く　中村想吉

葉先よりしんと地へ跳ぶ子かまきり　裕樹

藤棚や羽音聴く君うつくしき　裕樹

たんぽぽやひとに貼《は》られし絆《ばん》創《そう》膏《こう》　千野千佳

堀本裕樹　ほりもと・ゆうき

1974年和歌山県生まれ。國學院大学卒。俳句結社「蒼海《そうかい》」主宰。俳人協会幹事。第2回北斗賞、第36回俳人協会新人賞を受賞。「NHK俳句」2016、2019年度選者。東京経済大学非常勤講師、二松學舍大学非常勤講師。著作に、句集『熊野曼陀羅《くまのまんだら》』、『俳句の図書室』、又吉直樹《またよしなおき》との共著『芸人と俳人』、穂村弘《ほむらひろし》との共著『短歌と俳句の五十番勝負』、など多数。

公式サイト　http://horimotoyuki.com/

装丁　名久井直子

イラスト　オカヤイヅミ

校正　神谷陽子

DTP　天龍社

NHK俳句

ひぐらし先生、俳句おしえてください。

二〇一九年七月二十日　第一刷発行

著者　堀本裕樹

発行者　森永公紀

発行所　NHK出版

〒一五〇-八〇八一

東京都渋谷区宇田川町四一-一

電話　〇五七〇-〇〇二-一四三（編集）

〇五七〇-〇〇〇-三二一（注文）

ホームページ　http://www.nhk-book.co.jp

振替　〇〇一一〇-一-四九七〇一

印刷　大熊整美堂

製本　藤田製本

Printed in Japan　ISBN978-4-14-016268-2　C0092